Die Notizen des Doktor Freud

Martin Richard Escher,
dessen kritischer Geist mich ruhelos antrieb,
in Freundschaft gewidmet.

Hans-Otto Thomashoff

Die Notizen des Doktor Freud

Deuticke

„Was mir die Liebe erzählt."
Gustav Mahler, 3. Symphonie, Finale

1

Federer verließ gerade das Haus, leicht geblendet von der strahlenden Sonne, in Gedanken schon bei seiner Arbeit – da sah er sie. Ihr Anblick traf ihn ins Mark. Hier, in dem kleinen Café auf dem Franziskanerplatz, genau vor seinem Haus, saß ein Geschenk des Himmels, die personifizierte Versuchung. In seinem Verhältnis zu Frauen hatte Federer sich immer nur als Spielball gefühlt. Ohne dass die Unbekannte etwas davon ahnen konnte, war er ihr verfallen. Doch nein, er hatte es eilig, er war schon zu spät dran. Noch immer stand er im Haustor, drängte sich weiterzugehen, aber seine Augen kamen nicht los von ihr. Sie schien allein zu sein, trank einen Kaffee. Gerade hatte sie die Tasse abgestellt und blickte verträumt vor sich hin, die Lippen halb geöffnet wie ein Versprechen. Wartete sie auf jemanden? Sollte er auf sie zugehen? Nein, es blieb keine Zeit.

„Äh, bitte, verzeihen Sie. Würde es ... also würde es Ihnen etwas ausmachen, hier auf mich zu warten? ... Ich, ich werde in einer Stunde zurück sein und möchte Sie gerne ... kennen lernen."

Er errötete, während er dies sagte. Sie hingegen lächelte erstaunt, belustigt, aber sie sagte nichts. Also musste er weitersprechen.

„Wissen Sie – nein, natürlich wissen Sie nicht –, ich habe jetzt einen wichtigen Termin ..."

Noch während diese Worte aus ihm heraussprudelten, zweifelte er an ihnen. Er schluckte.

„Ich habe ..., also ich muss jetzt wirklich gehen. Aber ich werde in einer Stunde zurück sein – ja, das werde ich."

Sein Versuch, sich selbst zu überzeugen, gelang. Zwar hatte er ihr immer noch keine Antwort entlocken können, doch er sprang davon, winkte ihr in einer Umdrehung, die ihn beinahe das Gleichgewicht gekostet hätte, noch einmal kurz zu und verschwand im Durchgang zur Ballgasse. Würde sie auf ihn warten?

Warum nur hatte sie kein Wort gesagt?

2

Wenig später stand er vor der vertrauten Tür, läutete und wartete. Seit er sie kannte, diese Tür, hatte sie sich kaum verändert, war sie gezeichnet von den Spuren der Zeit. Wie oft waren seine Augen schon an den Rissen in der abblätternden Farbe entlanggewandert, waren an den in der Tiefe aufscheinenden älteren Farbschichten hängen geblieben, stillen Zeugen einer nur scheinbar verborgenen Vergangenheit. Auch seine eigene Geschichte hatte hinter dieser Tür in immer neuen Facetten Gestalt angenommen. Da hörte er Schritte von drinnen, und sie wurde geöffnet.

Doktor Bergasser begrüßte ihn mit einem warmherzigen Händedruck. Federer ging an ihm vorbei ins Ordinationszimmer, legte sich auf die von Kissen übersäte Couch und begann zu sprechen, sobald der Analytiker hinter ihm Platz genommen und die Beleuchtung heruntergeschaltet hatte. Aber wirkte Bergasser heute nicht verändert? Federer fand, er habe ihn beim Hereinkommen kaum angesehen. Es war nur eine dumpfe Ahnung, für die er keine konkrete Begründung hätte geben können.

„Entschuldigen Sie, dass ich mich ein wenig verspätet habe."

Er war das letzte Stück gelaufen, hatte unten an der Straßenecke beinahe eine auf zwei Krücken gestützte Dame umgerannt und war dann doch einige Minuten zu spät eingetroffen. Er wusste, dass Bergasser erst einmal nichts sagen würde, und setzte selbst wieder an:

„Als ich vorhin aus dem Haus trat – ich habe mir heute Vormittag frei genommen –, da habe ich eine Frau gesehen ..."

„Hm."

„... Sie sah umwerfend aus. Ich wollte zu ihr, aber ich musste ja zu Ihnen ..."

Er machte eine Pause, ließ den Satz wirken, und Bergasser fing den Ball auf.

„Sie sagen das so, als seien Sie meinetwegen verpflichtet, hier in die Stunde zu kommen."

„Ja, aber das bin ich doch."

Bergasser schwieg.

„Wenn ich einen Termin bei Ihnen habe, dann kann ich doch nicht einfach wegbleiben ... – und ich kenne die Frau überhaupt nicht, ich weiß gar nichts von ihr. Sie saß einfach da auf dem Platz direkt unterhalb von meiner Wohnung, in dem kleinen Café. Das Licht spielte in ihrem Haar ... vielleicht erinnert sie mich an Cecilia? ... Mit ihr habe ich seit Wochen keinen Kontakt, seit dieser Reise, auf der wir uns so gut verstanden haben ... Sie ist trotzdem in Rom geblieben. Sie will ihre Unabhängigkeit nicht aufgeben. Wir sind seit fast acht Jahren zusammen, immer nur für kurze Zeit. Und doch sind wir uns sehr nah gekommen. Aber vielleicht hat ihre Familie etwas gegen mich, weil ich Wiener bin und bei der Polizei. Sie ist eine Contessa d'Alberi, aus altem römischem Adel. Ich habe bisher nie einen Verwandten von ihr zu Gesicht bekommen, aber eigentlich ist das völlig in Ordnung so. Wir brauchen, wenn wir zusammen sind, nur uns beide. Und Cecilia selbst ist die Letzte, die sich Konventionen unterwirft, sie ist frei, fast wie ein wildes Tier ... Und gerade das liebe ich an ihr ...

Doch ich glaube, es geht nicht um ihre Verwandtschaft, sondern sie kommt nur nicht los von ihm, obwohl er schon so lange tot ist, von ihrem Mann. Er und ihr Sohn starben bei einem Unfall ...

Aber ich halte diese ewige Trennung von ihr nicht mehr aus ...

Dann sehe ich vorhin diese Frau, und auf einmal ist alles anders. Es gibt nur noch sie, und ich muss zu ihr. Nur weiß ich nicht wie, stelle mich an wie ein Schuljunge. Ich bin auf sie zugegangen, habe sie gebeten, bis zu meiner Rückkehr zu warten, aber sie wird wohl kaum noch dort sein ..."

Bergasser räusperte sich, mehr nicht. Federer wechselte das Thema.

„... Mir fiel auf, dass Sie vorhin so verändert waren, als ich hereinkam. Sie wirkten irgendwie verwirrt – nein, das ist nicht das richtige Wort –, zerstreut, zerstreut ist besser."

„Aha?"

„Ich weiß nicht, woran ich es festmachen soll. Es ist eher so ein unbestimmtes Gefühl. Sie wirken sonst immer so gefasst, ganz korrekt, als seien Sie hellwach und doch voller Ruhe. Aber heute beim Hereinkommen, ich weiß nicht ...

Da trete ich aus dem Haustor und sehe diese Frau. Cecilia? Ja, ich vermisse sie und doch habe ich das Gefühl, ich sollte alles stehen und liegen lassen für diese Unbekannte, und dabei ... ja, ich kenne sie überhaupt nicht ...

Ich bin so durcheinander. Ich weiß nicht weiter ..."

Er verstummte.

Dann vernahm er die beruhigende Stimme des Analytikers. Sie schien ihn zu tragen, gab ihm Halt. Er konnte sich verlassen auf ihre unerschütterliche Kraft. Er musste sich eingangs getäuscht haben, alles war wie immer.

„Fassen wir also zusammen: Sie kamen heute zu mir, obwohl Sie eigentlich lieber etwas anderes getan hätten. Sie vermissen Cecilia, doch dann hat es Ihnen diese Unbekannte angetan. Nur statt bei ihr zu bleiben, sind Sie jetzt hier."

„Aber ich habe sie gebeten zu warten, bis ich wieder zurück bin. Vielleicht tut sie das ja. Nur weiß ich nicht, ob ich nicht in Wirklichkeit doch zu Cecilia möchte. Oder ist das nur eine Ausrede, aus Angst, von der Unbekannten abgewiesen zu werden?"

„Und ich wirkte heute auf Sie zerstreut?"

„Wollen Sie damit andeuten, ich rede mir das alles nur ein, weil ich selbst nicht weiß, was ich eigentlich will? ...

Ich konnte mich nie frei entscheiden in meiner Kindheit, es drohte immer Chaos zu Hause ..."

„Nur halten Sie selbst diese Unfreiheit noch bis heute lebendig. Gegen Ihren eigentlichen Willen kommen Sie zu mir in die Stunde, so, als ob ich das von Ihnen verlangte."

„Aber ich habe auf einmal Angst ... Es erinnert mich an die Krisen meiner Mutter. Wenn sie ins Spital kam, und ich vollkommen allein war..."

„Sie haben also Angst davor, zurückgewiesen oder im Stich gelassen zu werden, und gleichzeitig sehnen Sie sich nach Liebe. Vielleicht ist Ihre Sorge um mich heute ein Ausdruck dieser Liebe auch zu mir, die in Ihnen dann gleich die Furcht weckt, Sie könnten mich verlieren."

Die Stunde war zu Ende. Widerwillig erhob Federer sich und blickte Bergasser an.

„Ich weiß immer noch nicht was, aber etwas war heute anders als sonst."

Der Analytiker lächelte milde und reichte ihm die Hand: „Wir sehen uns morgen früh."

3

Als wechsele er zwischen zwei Welten, trat er, kurz nach dem Verlassen des dunklen Hauses in der Ballgasse, unter dem Torbogen hindurch zurück auf den lichtdurchfluteten Franziskanerplatz.

Sie saß noch dort. Er ging auf sie zu.

„Sie haben wirklich gewartet? Das freut mich."

„Ja."

Das war ihr erstes Wort. Er setzte sich zu ihr an den Tisch.

„Wie soll ich es Ihnen erklären? Ich musste mich gerade für eine Stunde der Gesundheit widmen, seelisch, nicht körperlich."

Er wollte den Eindruck vermeiden, dass es sich um etwas Ansteckendes handeln könne.

„... dafür kann man nicht genug tun. Den Termin konnte ich nicht absagen. Nicht, dass ich sonst Marilyn für Napoleon halten würde ... sie ist sowieso ein Weibchen, ... mein Dackel. Bitte unterbrechen Sie mich, bevor ich mich gänzlich zum Narren mache. Erzählen Sie mir doch von sich, wer sind Sie, und was machen Sie hier?"

Sie blickte überrascht.

„Wie meinen Sie das?"

„Na, wie fangen wir an?"

Eine peinliche Pause entstand.

„Vielleicht drücke ich mich ungeschickt aus. Erzählen Sie mir doch zum Beispiel, was Sie an so einem herrlichen Tag auf diesen Platz bringt, oder was Sie beruflich machen?"

Er suchte in ihren Augen nach einem Thema, um das Eis, das sie umgab, zum Schmelzen zu bringen. Die Frage nach ihrem Beruf war lediglich eine Ausflucht, aber sie brachte sie zum Sprechen.

„Ich arbeite auch im Gesundheitsbereich."

„Nein, da muss ich mich falsch ausgedrückt haben. Ich bin nur Patient – bei einem Psychoanalytiker. Ich liege seit dreieinhalb Jahren auf seiner Couch und werde hoffentlich in weiteren drei

Jahren so weit sein, dass ich selbständig einmal eine Stunde absagen kann, wenn es sein muss."

„Ach so?"

„Ich bin Kriminalbeamter am Morddezernat."

Von ihr kam keine Reaktion.

„Unsere Verbindung zur Medizin beschränkt sich dort auf den Pathologen ... Und was genau machen Sie?"

„Ich bin Krankenschwester bei einem plastischen Chirurgen."

„Aber Sie selbst, Sie sind doch echt? ... Und falls nicht, sind Sie jedenfalls sehr gelungen."

Zum ersten Mal lächelte sie. Welch wundersame Wirkung sie auf ihn ausübte.

„Nein, ich lasse kein Messer an mich heran. Ich passe schon auf, dass mir nichts zu nahe kommt."

„Das bezieht sich doch hoffentlich nur auf Messer?"

„Wie meinen Sie das?"

„Das war nur ein kleiner Scherz."

Wieder stockte das Gespräch. Federer suchte verzweifelt nach einem neuen Anfang, doch sein Hirn war wie leer gefegt. Schließlich ergriff sie das Wort.

„Ja, also, ich muss dann langsam aufbrechen."

„Aber wir lernen uns doch gerade erst kennen, da können Sie nicht einfach schon wieder verschwinden. Wie wäre es, wenn ich Sie heute Abend in ein Konzert einlade? Mögen Sie Mahler?"

Sie schaute ihn fragend an.

„Gustav Mahler ... den Komponisten."

Je mehr er sagte, und je weniger sie ihm antwortete, desto verwirrter wurde er. Hätte er sie besser nicht ansprechen sollen? Doch sein Blick hing an ihr, und seine Zweifel lösten sich auf in Verlangen.

„Sie mögen klassische Musik?"

Federer war Abonnent einer Konzertreihe, hatte dort regelmäßig zwei Plätze reserviert. Man konnte ja nie wissen, wofür eine zweite Karte gut sein mochte. Meist gab er sie zurück in Kommission.

„Ich weiß nicht."

„Das Konzert heute Abend werden Sie lieben, das verspreche ich Ihnen. Schauen Sie, ich wohne dort oben, im dritten Stock ..."

Er deutete mit dem Finger auf seine Wohnung in dem Haus Nummer eins.

„... Kommen Sie gegen halb sieben zu mir, und dann gehen wir gemeinsam von hier aus in den Musikverein. Läuten Sie bei *Federer*, und erschrecken Sie sich nicht vor dem Hund. Er ist zwar nicht groß, aber sehr laut. Doch Sie müssen entschuldigen. Ich habe mich Ihnen ja noch gar nicht vorgestellt ..."

Er verbeugte sich kurz.

„... Mein Name ist Federer, Georg Federer. Und Ihren Namen kenne ich ja auch noch nicht."

„Vera, Vera Kerzl."

„Es freut mich, Sie kennen zu lernen."

„Ja."

„Und Sie kommen doch heute Abend?"

„Na gut, aber jetzt muss ich zurück in die Ambulanz. Gleich stellen sich noch zwei Patienten zur Fettabsaugung vor ... Ich muss los."

Sie stand auf, und er sah ihr dabei zu, erhob sich dann selbst. Nein, er täuschte sich nicht in ihr. Seine Regungen waren unmissverständlich. Und dann blickte sie ihn an, und ihre Augen schienen jedes Versprechen zu halten.

„Bis später dann."

„Bis heute Abend."

Sie bewegte sich leicht, weich und doch elegant, war schon in der Weihburggasse verschwunden, als er ihr noch im Stehen nachschaute. Die Turmuhr riss ihn heraus aus seinen Gedanken, und er stieg hinauf in seine Wohnung, wo Marilyn ihm entgegensprang, als sei er von einer Weltreise zurückgekehrt. Geistesabwesend würdigte er ihr Begrüßungszeremoniell, trug sie dann auf die Straße hinunter und schlenderte ihr gemächlich hinterher. Sie kannte den Weg. Die warme Sonne spiegelte sich im Pflaster der Straßen und blendete ihn wohltuend. Obwohl er kaum etwas sehen konnte, genoss er das grelle Licht ebenso wie den warmen Wind, der, angereichert mit dem Blütenduft von Akazien, die Stadt wie ein Atemhauch durchzog. Die letzten Schritte über den Ring, dessen frisches Grün Bewohner und Gäste der Stadt zu müßigem Nichtstun verleitete, stellten seine Entscheidung, sich nach seiner langen Reise wieder dem geregelten Leben im Staatsdienst zu unterwerfen, auf eine harte Probe. Nicht nur die Natur, auch die Menschen waren auf einmal voller Farbe. Statt Lodengrau trug man ein gelbes Kostüm hier, einen blauen Anzug dort oder sogar leuchtendes Rot, wie ein junger Mann, der Federer kurz grüßte, obwohl der sich nicht erinnern konnte, ihn je zuvor gesehen zu haben; doch das passierte ihm häufiger. Nur widerwillig betrat er am Deutschmeisterplatz das Gebäude des Dezernats.

Ausgerechnet Schröger lief ihm drinnen direkt in die Arme. Statt dass der sich entschuldigte, trampelte er mit dem nächsten seiner unkoordinierten Schritte mitten auf den borstigen Schwanz von Marilyn, die daraufhin jaulend das Weite suchte. Federer verachtete Schröger. Musste der seine chronische Unzulänglichkeit auch noch an dem Hund auslassen?

„Passen Sie doch auf."

„Schreien Sie mich nicht an. Ich habe es eilig, ich habe einen Auftrag von der Berndorfer."

Stankovic, der Leiter des Dezernats, weilte gerade in seiner zweiwöchigen Frühsommerfrische, und der Kollegin Berndorfer wurde damit die Ehre zuteil, den von ihr vergötterten Vorgesetzten zu vertreten. Geradezu leidenschaftlich kostete sie diese alljährliche Ausnahmesituation aus, vor allem indem sie Schröger wie einen Lakaien mit Aufgaben überschüttete, durch die dieser sich seinerseits zu ungeahnter Bedeutsamkeit emporzuschwingen glaubte. Stankovic verreiste immer in den letzten beiden Maiwochen, da seiner Erfahrung nach selbst die ruchlosesten Verbrecher zu dieser Jahreszeit, angesichts des überall blühenden Lebens, ihre Mordlust ruhen ließen. Bei aller Unentbehrlichkeit seiner Person konnte er so eine befristete Abwesenheit vom Zentrum seiner Macht verantworten. Im Dezernat war es die Zeit, in der Überstunden abgebaut und Akten unerledigter Fälle zu Karteileichen erklärt wurden. Es machte bei so einem Wetter einfach keinen Sinn, länger als unabdingbar in einem dunklen Arbeitszimmer eingepfercht zu bleiben. Einzig die Kollegen von Gendarmerie und Parkraumbewirtschaftung arbeiteten in diesen Tagen engagierter als sonst, nutzten jede Minute, um den beengenden vier Wänden ihrer Amtsstuben zu entfliehen und Falschparker oder andere Gutwetterkriminelle zu überführen, und natürlich die Kollegin Berndorfer, die regelmäßig im Frühling von einem außergewöhnlichen Ehrgeiz befallen war. Endlich bot sich ihr die Gelegenheit, ihre bislang unerkannten Führungsqualitäten unter Beweis zu stellen.

Federer ließ Schröger seines Weges ziehen und folgte Marilyn, die bereits in Erwartung einer Belohnung vor seiner Bürotüre saß – einen Keks für den Hund, einen Kaffee für den Herrn. Ohne sein schwarzes Gebräu war für Federer an Arbeit nicht einmal zu denken. Zumindest hierin war Wien nicht der Beginn des Balkans, sondern der Vorposten eines mediterranen Lebensgefühls. Ein kurzes Warten nach den ersten Schlucken, und die angenehm belebende Wirkung durchzog seinen Körper wohlig wie ein warmer Strom. All seinen Hoffnungen zum Trotz wollte sich jedoch die Inspiration auf Arbeit heute nicht einstellen. Der verstaubte Aktenberg in seinem Wandschrank blieb beharrlich ohne jeden Reiz. Federer saß da und blickte starr vor sich hin. Schließlich zog er wahllos drei der Akten aus dem Stapel heraus, legte sie in die Mitte seines Schreibtisches und öffnete eine Schublade. Geradezu feierlich entnahm er ihr ein großes rotes Stempelkissen und einen Ständer mit sieben verschiedenen Stempeln, aus denen er zielsicher den größten mit der Aufschrift „ERLEDIGT" herausfischte. Sorgfältig presste er ihn auf das Stempelkissen und drückte ihn anschließend jeweils auf Vorder- und Rückseite der drei Akten. Dann legte er seine Hilfsmittel in die Schublade zurück, verschloss diese gewissenhaft und trug sein Tagwerk hinab in das Archiv, dessen endlose Regale fast zur Gänze den Keller des Gebäudes einnahmen. Er stellte sicher, dass er die drei Akten nicht zusammen und vor allem nicht an der ihrer Nummerierung entsprechenden Stelle einordnete. Von nun an waren sie verschollen, würden nie wieder das Tageslicht erblicken. An einem einzigen Nachmittag hatte er gleich drei Fälle abgeschlossen. Auf einmal war sie da, die Inspiration.

Federer kehrte an seinen Schreibtisch zurück, blickte hinaus auf die Straße. Einige Hunde tollten frühlingswild umher, und dort über den Platz eilte Schröger mit einem Karton voller Brötchen. Das war also der wichtige Auftrag, den Berndorfer ihm gegeben hatte. Federers Pflichtbewusstsein löste sich endgültig für heute in Luft auf, und er verließ das Dezernat viel schneller, als er gekommen war.

4

In seiner Wohnung riss er alle Fenster auf, wie um die sonnendurchtränkte Brise einzufangen. Unter der aufmerksamen Bewachung Marilyns warf er ein Schnitzel in die Pfanne, das er selbstverständlich mit ihr teilen würde. Er fragte sich, ob er sie zu sehr vermenschlichte; sie wedelte mit dem Schwanz.

Nach dem Essen nahm er geruhsam ein Bad. Die trüben Gedanken der letzten Tage und Wochen waren wie weggeblasen, wenn er an die kommenden Stunden dachte. Das Konzert, eine der seltenen Aufführungen von Mahlers zehnter Symphonie, erst Jahrzehnte nach seinem Tod vollendet, versprach für sich alleine genommen schon ein Ereignis zu werden. Doch das war auf einmal ohne Bedeutung. Er strich im Wasser über seinen Körper. Ja, er vermisste Cecilia, aber gerade deshalb sehnte er sich nach einer Frau. Und wenn er Vera kaum kannte, eigentlich gar nicht, was machte das schon? Instinktiv fühlte er sich zu ihr hingezogen, sie war ihm vertraut aus seinen Fantasien und Träumen. Bei ihr würde er sich aufgehoben fühlen, einfach fallen lassen können bis an den Rand der Besinnungslosigkeit, so wie bei Cecilia. Doch nein, an sie wollte er jetzt nicht denken. Sie war nicht da, und das Leben lief weiter. Was zählte, war der Augenblick. Er entspannte sich, stellte sich Veras Körper vor, wie er eins mit dem seinen würde. Da läutete das Telefon, schaltete auf den Anrufbeantworter:

„Ciao caro, ich bin es, Cecilia ..."

Wie elektrisiert sprang Federer aus der Badewanne. Er stolperte über Marilyn, die es sich auf dem Vorleger bequem gemacht hatte, und stürzte der Länge nach auf den Boden.

„... Du bist offenbar gerade nicht zu Hause, ich melde mich wieder, alles Liebe ..."

Er raffte sich auf und hastete ins Wohnzimmer, während Marilyn mit eingezogenem Schwanz und einer Schaumkrone auf dem Kopf unter dem Sofa verschwand. Als er den Hörer abnahm, war es zu spät. Das monotone Freizeichen war alles, was ihm von dem lang ersehnten Anruf blieb.

Fluchend humpelte er zurück ins Badezimmer und trocknete

sich ab. Seine vorfreudige Stimmung war erst einmal verflogen. Er schaute auf die Wanduhr. Es war längst Zeit, sich anzukleiden. Als er schließlich in einem Anzug vor dem Spiegel stand, ging es ihm wieder besser.

Sollte er versuchen, Cecilia zurückzurufen? Von wo aus hatte sie sich gemeldet? Unsicher nahm er wieder den Telefonhörer zur Hand, wählte die ihm nur zu gut bekannte Nummer, doch in ihrer Wohnung erreichte er sie nicht. Sie wolle sich wieder melden, hatte sie gesagt.

Es war kurz vor halb sieben, und er ging zu einem der offenen Fenster, schaute auf den Platz hinunter und wartete. Würde Vera wirklich kommen? Er fasste sich an den Kopf, er hatte vergessen, ihr seine Telefonnummer zu geben, und sein Name stand nicht im Telefonbuch, da seine Mutter in ihrem Verfolgungswahn auf einer Geheimnummer bestanden hatte. Und von Vera wusste er nicht einmal, ob ihr Name überhaupt stimmte. Sie musste einfach kommen. Die Turmuhr schlug halb. Er zog Marilyn unter dem Sofa hervor. Seit seinem unbeabsichtigten Überfall war sie dort reglos liegen geblieben und ließ sich nun beleidigt, aber erleichtert hochheben, um ihre Nase ebenfalls in den frühen Sommerwind zu stecken. Noch immer war nichts zu sehen von Vera. „Fettabsaugung", hatte sie gesagt. Ihn schauderte bei der Vorstellung.

Doch auf einmal war sie da. Er sah sie neben der Franziskanerkirche. Sein Puls ging schneller, sein Atem tiefer, und die Bilder, die er sich vorhin im Bad ausgemalt hatte, waren mit einem Schlag so gegenwärtig, als seien sie bereits Realität gewesen. Es läutete. Er begrüßte sie über die Gegensprechanlage und öffnete das Haustor. Dann trat er in das Stiegenhaus und lauschte ihren Schritten. Fast fürchtete er sich vor seiner eigenen Courage. Versprach er sich nicht zu viel?

Als sie dann vor ihm stand, brachte er kein Wort heraus. Ihr Anblick entwaffnete ihn.

„Guten Abend."

Er gewann seine Fassung wieder. Auch Marilyn schien außer sich vor Begeisterung. Sie sprang an Vera hoch und wurde ebenso freudig zurückbegrüßt.

„Der ist ja ganz herzig, und wie er mit seinen Hüften wackelt. Wie heißt er denn?"

„Das ist Marilyn, aber treten Sie doch bitte ein. Darf ich Ihnen den Mantel abnehmen?"

Sie trug keinen Mantel, da es dafür viel zu warm war, und verstand ihn nicht.

„Ach entschuldigen Sie, Sie haben ja gar keinen."

Ohne dass sie ahnte, was er gerade dachte, lächelte sie. Er bat sie herein in sein Wohnzimmer.

„Schön haben Sie es hier."

„Oh, danke."

Weiter wusste er nicht, und es entstand wieder eine Pause. Dabei gab es doch so viel zu sagen. Schließlich fiel ihm das abendliche Konzert ein.

„Wir haben heute besonderes Glück. Die zehnte Symphonie von Mahler wird nur sehr selten gespielt. Sie wurde erst nach seinem Tod fertig gestellt ..."

Sie schaute ihn fragend an.

„... Mahler war von seinen Ärzten mitgeteilt worden, dass ihm nicht mehr viel Zeit blieb. Er hatte sich einen Herzklappenfehler zugezogen und war besessen von der Angst, während oder nach der Arbeit an einer neunten Symphonie zu sterben, so wie vor ihm Beethoven, Schubert, Bruckner und zuletzt Dvořák ..."

„Dann hat der Tod sie alle gezwungen, das Letzte aus sich herauszuholen?"

Ein Funkeln zuckte kaum merklich über ihre Gesichtszüge, irritierte Federer kurz, doch er setzte unbeirrt seine Ausführungen fort.

„... Mahler hat sich lange nicht getraut, seine Neunte zu schreiben, und erst sein *Lied von der Erde* komponiert. Er sollte Recht behalten. Kurz nachdem sie fertig war, starb er, und von der geplanten Zehnten blieben nur ein Satz und einige Skizzen ..."

„Man kann seinem Schicksal nicht entkommen."

„... Jedenfalls wurde in den sechziger Jahren aus diesen Skizzen eine vollständige Symphonie zusammengestellt ..."

Sie lachte herzhaft, beinahe derb: „Eine Totensymphonie."

„ ... von einem Amerikaner. Und die hören wir heute mit dem Philadelphia Orchestra, dem ersten Orchester, unter dem die vollständige Symphonie jemals aufgeführt wurde. Authentischer könnte das Konzert also kaum sein."

Er hatte sich richtig in Fahrt geredet, beflügelt von Veras plötzlich gewecktem Interesse und von seiner eigenen Begeisterung.

„Leichenmusik von einem Streichkäseorchester, das beginnt echt spannend zu werden."

Ihre Bemerkung verunsicherte ihn. Doch er brauchte sie nur anzusehen, und schon verflüchtigte sich jeder Zweifel.

„Stört es Sie, wenn ich rauche?"

Federer war Nichtraucher, kein dogmatischer Frischluftfanatiker, aber einer, dem die Vorstellung von abgestandenen Rauchschwaden in seiner Wohnung keineswegs behagte.

„Nein, überhaupt nicht."

Sie zündete sich eine selbst gedrehte Zigarette an, deren süßlicher Duft Federer sonderbar vorkam. Schon nach den ersten Zügen lächelte sie merkwürdig abgehoben, während er sich nach einem in seinem Haushalt nicht vorhandenen Aschenbecher umschaute, schließlich auf eine leere Espressotasse zurückgriff.

„Ein Freund von mir im Waldviertel baut es selbst an. Es ist wirklich ein ganz feines Gras. Möchten Sie auch einmal probieren?"

Federer wand sich innerlich bei dem Gedanken an Drogen in seiner Wohnung, rauchte er doch sonst nicht einmal Tabak. Aber er ließ sich von ihr die Zigarette geben und zog zögerlich an ihr, bevor er sie ihr zurückreichte. Gequält höflich und erleichtert, dass er keine Wirkung verspürte, bedankte er sich und war bemüht, über etwas anderes zu reden.

„Der Tod scheint Sie zu faszinieren?"

„Irgendein Ziel muss ich mir doch im Leben setzen, und bei dem bin ich mir wenigstens sicher, dass ich es erreichen werde."

„Wenn Sie meinen. Ich versuche eher mein Leben zu füllen, es so bunt, so ereignisreich wie möglich zu gestalten."

Noch während er sprach, bezweifelte er im Stillen, was er da sagte, denn er hielt sich nicht wirklich an dieses Ideal, wenn es denn eines war. Sein Blick fiel auf das Sofa.

„Wollen wir uns nicht setzen?"

Doch bevor er ihr etwas zu trinken anbieten konnte, unterbrach der Glockenschlag der Franziskanerkirche jede weitere Konversation.

„Wir müssen aufbrechen."

„Ja."

Den Hund ließ er nicht mehr hinaus. Er würde ihm als Vorwand dienen, um nach dem Konzert direkt in die Wohnung zurückzukehren, mit ihr.

5

Schweigend machten sie sich auf den Weg, denn er fand immer noch nichts, worüber sie hätten sprechen können, nicht, als sie auf den Platz hinaustraten, und auch nicht, als sie von der Weihburggasse aus in die Seilerstätte einbogen. Aber das war bedeutungslos, denn ihr Körper war neben dem seinen, und er passte sich wie von selbst ihrem Rhythmus an. Er ertappte sich bei der Vorstellung, mit ihr in einem der Hauseingänge zu verschwinden und sich statt musikalischen Genüssen einem Ausbruch ungehemmter Leidenschaft hinzugeben. War das nun doch eine Wirkung dieser Droge, oder war es seine Natur?

Am Schwarzenbergplatz mit dem Denkmal des berühmten Fürsten und dahinter dem des unbekannten Rotarmisten – siegreich waren sie beide gewesen – überquerten sie die Ringstraße und betraten kurz darauf das Foyer des Musikvereins, der Kathedrale des Wiener Musiklebens. Obgleich sie kein Wort gewechselt hatten, war ihm, als hätten sie sich in einem intensiven Dialog befunden. Doch gerade diese Nähe machte ihn befangen, weckte in ihm den Wunsch, jede Grenze zu ihr zu überwinden, aber im selben Moment auch die Furcht, sie könnte sein Begehren nicht erwidern. Wortlosigkeit bewahrte ihm zumindest die Illusion, dass das nicht geschehen würde.

Sie hatten ihre Plätze erreicht, in der ersten Reihe des Cercle, ganz links außen. Gleich würde die Musik beginnen und seine Sprachlosigkeit kaschieren. Die Mitglieder des Orchesters kamen auf die Bühne, ein erster freundlicher Applaus brandete auf und steigerte sich, als nach dem Stimmen der Instrumente der Dirigent an sein Pult trat. Der Maestro verbeugte sich kurz, wandte sich um und wartete, bis völlige Ruhe herrschte.

Schwermütig getragen setzte die Melodie des ersten Satzes ein, und für Federer öffnete sich eine Gefühlswelt, wie er sie bei anderen Menschen unablässig suchte, aber nie fand. Nur in der Kunst konnte er seinen Sehnsüchten freien Lauf lassen. Die Musik befreite ihn – so sehr, dass es nicht lange dauerte, bis seine Hand ganz selbstverständlich den Weg auf Veras Knie neben dem seinen fand. Brüsk wurde sie zurückgewiesen.

Er war wie vor den Kopf gestoßen. All die Bilder, die sich in den vergangenen Stunden in sein Denken eingeschlichen hatten, zerstoben so unvermittelt, wie sie sich ihm aufgedrängt hatten. Die Musik entfaltete unbeirrt ihre Tragik, aber es fiel Federer auf einmal schwer, sich zu konzentrieren. Seine Enttäuschung verstellte ihm den Zugang zu der emotionalen Tiefe der Musik. Alles lenkte ihn ab, ein Konzertbesucher in der gegenüberliegenden dritten Balkonloge, der ihn durch sein Opernglas zu beobachten schien und sich dabei am Bart zupfte, und ganz besonders der stark übergewichtige Violinist, der direkt vor ihm auf dem Podium saß und vor Anstrengung einen Kranz feiner Schweißperlen auf seiner Stirn trug. Doch dann geschah etwas, das zuerst Federer überraschend in seinen Bann zog und, nach einem leichtsinnigen Blick während der Spielpause zwischen erstem und zweitem Satz, auch den fleißigen Musiker.

Es war Veras Hand, die Federer auf seinem Oberschenkel spürte, an dessen Innenseite sie sich langsam, aber bestimmt entlangtastete und ihn in Erregung versetzte, verdeckt von ihrem weiten Seidenschal, den sie wie beiläufig auf seinen Schoß hatte gleiten lassen. Kaum jemand sonst schien etwas zu bemerken, außer eben dem Geiger, der entsprechend heftiger transpirierte. Nicht nur das, die unfreiwillige Ablenkung ging auf Kosten seiner musikalischen Konzentration, und er verpasste einen Einsatz nach dem anderen. Auch Federer wusste kaum, wie ihm geschah. Am liebsten hätte er sich die Hose vom Leib gerissen, so sehr peinigte ihn das lustvolle Kitzeln, und gleichzeitig wollte er es. Er wagte nicht zu Vera hinüberzusehen.

Der Geiger spielte furchtbar falsch. Endlich, mit dem Beginn des Finales, bekam er, anders als Federer, eine Verschnaufpause. Das Duett aus dumpfem Hammer und Blech entband ihn für einen Augenblick von seiner Spielpflicht. Die Melodie war die Stimme des Todes, fürchterlich und verführerisch zugleich, unausweichlich zustrebend auf das Ende, die ersterbenden Schlussakkorde.

Für Federer wurde die Zeit endlos. Seine Erregung war an einem Punkt angelangt, an dem sie nach Erfüllung verlangte, beinahe schmerzhaft. Er dachte an den weiteren Verlauf des Abends, ihm wurde heiß. Seine Augen suchten nach einem neutralen Fixpunkt. Der angestrengte Geiger war dafür ungeeignet, ebenso der Opernglasgucker auf dem Balkon, der jetzt erst recht Federer und nicht dem Orchester seine volle Aufmerksamkeit zu widmen schien. Schließlich blieb Federers Blick hängen an den entblößten Brüsten der goldenen Karyatiden, die geduldig auf ihren Köpfen das Dach der Orgel trugen, und er starrte sie an, heftig atmend.

Dann war es so weit. Selbst der zeitlose und nicht enden wollende Schlusssatz der Symphonie klang aus. Wie elektrisiert hielt sich einige Takte lang eine vollkommene Stille im Saal, bevor begeisterter Applaus losbrach. Federer stimmte voller Erleichterung ein. Er klatschte aus Leibeskräften, blieb aber sitzen, trotz der stehenden Ovationen um ihn herum. Vera verhielt sich, als sei nichts geschehen, hatte ihren Schal lässig zurück über ihre Schulter geworfen, stand neben ihm, applaudierte und genoss die strahlende Atmosphäre, die sie umgab.

„Das war ein wunderbares Konzert. Ich habe das Stück noch nie gehört, aber es hat mir sehr gefallen."

„Das freut mich. Ich habe Ihnen also nicht zu viel versprochen?"

Sie verstand nicht, was er damit meinte, er nickte ihr zu, applaudierte weiter und erhob sich nun ebenfalls. Erst als die Orchestermitglieder, der Aufforderung des Dirigenten folgend, die Bühne verließen, ebbte der Beifall ab, und die Zuschauer strömten gemächlich auf die Ausgänge zu. Jeder blickte hierbei aufmerksam suchend umher, um nicht irgendwo in der Menge ein ihm bekanntes Gesicht zu übersehen, dessen Besitzer selbstverständlich erwartete, mit der ihm gebührenden Höflichkeit begrüßt zu werden.

Draußen, im Licht der blauen Dämmerung, besann Federer sich darauf, dass es nun an ihm war, den Weg zu ebnen für eine Fortsetzung seiner anregenden Konzerterfahrung. Vorsichtig tastete er sich voran.

„Das Konzert war also neu für Sie? Was treiben Sie denn sonst an Ihren Abenden?"

Wie er das sagte, kam es ihm anzüglich vor, fast biss er sich auf die Zunge.

„Ach, die Arbeit ist sehr anstrengend, so bin ich abends meist zu Hause und schaue fern. Und ich telefoniere gerne mit Freunden. Am Wochenende fahre ich oft heim. Meine Eltern haben eine kleine Wirtschaft in Spitz, wo ich gelegentlich aushelfe. Kennen Sie die Wachau?"

„Aber ja."

Federers Begeisterung war echt, nicht nur, weil er die lieblich schroffe Landschaft der Wachau mit ihren Weinbergen, steilen Felsen und mittelalterlichen Dörfern mochte, sondern auch, weil es endlich ein Thema gab, über das sie bis zu seiner Wohnung sprechen können würden.

„Ich bin erst seit vier Jahren in Wien. Meine Ausbildung habe ich am Spital in Melk gemacht."

„Und was hat Sie nach Wien geführt?"

„Ich wollte etwas Neues kennen lernen, und über eine Freundin von mir hat sich die Gelegenheit ergeben, hier mit der Arbeit an der Ambulanz anzufangen."

„Gefällt sie Ihnen denn?"

„Eigentlich schon, aber ich bin immer wieder froh, wenn ich am Wochenende aus der Hektik hier zurück aufs Land komme."

„Das kann ich gut verstehen, obwohl ich mir selbst ein Leben ohne die Stadt nicht vorstellen kann. Ich brauche diese täglichen Überraschungen, so wie die, dass wir uns heute getroffen haben."

Sie lachte.

„Glauben Sie, bei uns auf dem Land, da trifft man keine Menschen? Ich habe dort mehr Leute kennen gelernt als hier in der Stadt, aber das ist mir auch ganz recht so. Ich brauche meine Ruhe, meine eigene Welt. Wo gehen wir denn jetzt hin?"

Sie hatten bereits den Ring überquert und schlenderten vorbei am bunten Gemisch der Straßenmusikanten die Kärntner Straße hinauf. Irgendwie wirkte Vera nervös, blickte sich ein-, zweimal um, doch Federer vermied es sie darauf anzusprechen.

„Ich wollte vorschlagen, dass Sie noch auf ein Glas Wein mit zu mir hinaufkommen."

„Ach, das tut mir Leid, aber ich muss heute früh ins Bett ..."

Er fand, dass sich das durchaus mit seinen Absichten deckte, aber das verschwieg er ihr.

„... Ich habe morgen einen sehr anstrengenden Tag. Die beiden Frauen zur Fettabsaugung, die sich heute vorgestellt haben, kommen gleich in der Früh an die Reihe, da sie bis zum Urlaub wieder gut aussehen wollen, und dann haben wir noch zwei reguläre Brustvergrößerungen."

„Sie wollen mich also schon verlassen?"

Sie hatte doch vorhin im Konzert ..., aber sollte er das ansprechen?

„Ich werde am besten gleich am Stephansplatz in die U-Bahn steigen. So komme ich am schnellsten nach Hause. Dann nehme ich noch ein Bad und bin auch schon in meinem Bett."

„Ich..." Er zögerte. „...ich könnte Sie noch begleiten."

„Wie meinen Sie das?"

„Ich könnte noch ein Stück weit mit Ihnen kommen."

Die Worte hallten in seinem Kopf nach, und er bekam feuerrote Ohren.

„Nein, das ist nicht nötig. Ich bin zwar vom Land, aber ich finde mich schon zurecht."

Das war eine herbe Enttäuschung für Federer. Wieder lag eine einsame Nacht vor ihm. Aus Erregung würde Frust. Doch seinem diskret erwachenden Ärger nachzugeben war nicht seine Art. Er war auf einmal selbst müde, verspürte einen Kopfdruck, der sich zum Schmerz, zu einer wahren Migräne auswachsen mochte.

„Sehen wir uns denn wieder?", fragte sie auf einmal.

Ein Funken Hoffnung regte sich in ihm.

„Von mir aus gerne. Wie wäre es mit morgen Abend?"

„Ja, das geht sich aus."

„Es gibt morgen in der Nähe meiner Wohnung eine Vernissage in einer Galerie. Wir könnten gemeinsam dorthin gehen."

„Das hört sich fein an."

„Na, dann sagen wir um sieben Uhr bei mir? Die Adresse kennen Sie ja."

„Ist gut."

Sie hatten den Stephansplatz erreicht.

„Also bis morgen."

Er neigte sich ihr zu, um sie zaghaft zu umarmen und ihr einen flüchtigen Kuss auf die Wange zu werfen, aber sie streckte ihm auf halbem Wege ihre Hand entgegen.

„Ich komme dann vorbei."

Und schon verschwand sie in der Unterführung zur U-Bahn. Federer blieb stehen und sah ihr nach, war wieder allein. Jemand drückte ihm einen Werbezettel für eine Go-go-Bar in die Hand. Er fand das unpassend, freute sich auf einmal mehr als sonst auf die überschwängliche Begrüßung durch Marilyn. Sie war verlässlich. Kaum betrat er seine Wohnung, sprang sie auch schon quietschend vor Begeisterung an ihm hoch. Er trug sie noch kurz auf die Straße hinunter und stand dann vor der Wahl, mit einer Kopfschmerztablette, mit einem starken Kaffee oder mit einer Flasche Wein den Abend ausklingen zu lassen. Er entschied sich für eine Kombination aus Schmerzmittel und Wein. In seinem Kühlschrank lag ein trockener, schwerer Riesling aus der Wachau. Er schien der Situation angemessen.

Federer entkorkte die Flasche, füllte ein Glas, probierte einen Schluck, spülte mit dem nächsten die Tablette hinunter und begab sich ins Wohnzimmer. Dort entzündete er die Kerzen auf der Kommode, legte das Finale von Mahlers Zweiter auf und nahm Platz in seinem alten Ohrensessel. Bereits nach dem dritten Glas Wein begann er von dort aus im Sitzen zu dirigieren und genoss mit zunehmendem Rausch die Hingabe an die Musik. Das musste Freud mit Sublimierung gemeint haben. Als die Symphonie geendet hatte und die Flasche geleert war, ging er zu Bett. Er fiel sofort in einen tiefen, aber unruhigen Schlaf, träumte wild in dieser Nacht, Träume, die ihre Spuren nicht in der bewussten Erinnerung hinterlassen, sondern verborgen in einem weiterleben.

6

Der Wecker dröhnte. Sein Kopf war schwer. War er irgendwann in der Nacht schweißgebadet aufgewacht und noch einmal auf die Straße hinuntergegangen? Oder hatte er das nur geträumt? Er brauchte einen Augenblick, bis er zu sich fand. Marilyn lag bei ihm, eingerollt auf seiner Decke am Fußende, und ließ sich vom Lärm des Weckers in keiner Weise stören. Er erhob sich vorsichtig und ging ins Bad. Sein Gegenüber im Spiegel verlangte nach einer Rasur, aber dafür war es noch zu früh. Federer grüßte nur kurz und war überrascht über den herben Klang seiner Stimme. Er zog sich an und hatte das Haus bereits verlassen, obschon er noch im Halbschlaf war. In der Stadt herrschte reges Treiben, eingetaucht in gleißendes Morgenlicht.

Wie von selbst trugen ihn seine Füße zum Haus Doktor Bergassers. Er trat ein in das dunkle Stiegenhaus, läutete und wartete. Nichts geschah.

Er läutete erneut, doch nichts rührte sich. Bergasser musste ihn überhört haben. Federer versuchte es wieder, wurde langsam wach, während sich drinnen immer noch nichts regte. Heute war Dienstag, und dienstags hatte er seine Stunde morgens um acht. Er schaute auf seine Uhr, es war kurz nach acht. Ob Bergasser verschlafen hatte? Doch die Ordination lag neben der Wohnung des Analytikers, er hätte das Klingeln also in jedem Fall hören müssen. Noch nie hatte Bergasser eine vereinbarte Stunde ausfallen lassen, er legte großen Wert auf exakte Abmachungen. Auch weiteres Läuten blieb ohne Reaktion. Federer wurde unruhig. Sollte Bergasser etwas zugestoßen sein?

Nein, der Fehler lag sicher bei ihm selbst. War heute gar nicht Dienstag? Er zählte die Tage nach, doch er hatte sich nicht geirrt. Es war auch kein Feiertag oder Ferientag. Hatte Bergasser etwas von einem Kongress erwähnt? Vielleicht war er bei einem morgendlichen Einkauf aufgehalten worden? Doch dafür war es noch sehr früh.

Federer suchte weiter nach einer Erklärung, keine war plausibel. War Bergasser gestern nicht irgendwie verändert gewesen, selbst wenn er das abgestritten hatte?

Er legte seinen Finger für eine ganze Minute auf die Klingel. Keine Reaktion. Es war bereits zwanzig nach acht. Schließlich gab er auf, lauschte noch einmal und ging dann, weiter horchend, langsam die Stiegen hinunter, ohne dass er das geringste Geräusch vernommen hätte.

Er würde von zu Hause aus versuchen zu telefonieren. Das ihm gegen seinen Willen von Stankovic aufgezwungene Handy trug er nur im Dienst bei sich und auch das nicht immer. In seiner Wohnung angekommen, ging er gleich zum Telefon, ignorierte das Winseln des Hundes aus dem Schlafzimmer. Er begann sich Sorgen zu machen, tat dies ab als eine seiner bekannten Ängste, aber es half nichts. Hastig durchblätterte er sein Telefonbuch nach der Nummer Bergassers und wählte, aber niemand antwortete ihm. Er legte den Hörer auf, drückte nervös die Wiederwahltaste. Endlich regte sich etwas am anderen Ende der Leitung. Eine missgelaunte, ihm unbekannte Stimme meldete sich verschlafen. Federer hatte sich verwählt, tippte erneut die Nummer aus dem Telefonbuch ein, aber wieder hob niemand ab. Sollte er warten, aber wie lange noch? Eine Stunde zu vergessen, passte einfach nicht zu Bergasser.

Zuletzt folgte Federer seiner angstvollen Ahnung, rief über das Dezernat eine Streife zu Bergassers Ordination und machte sich selbst sofort wieder auf den Weg dorthin.

Von nun an ging alles ganz schnell, lief einfach ab vor seinen Augen, ohne dass er Einfluss darauf hatte. Die beiden Beamten von der Streife brachen die vertraute Ordinationstüre auf. Der Flur war leer, die Tür zum Behandlungszimmer war angelehnt. Sie traten ein.

Der Analytiker saß an seinem Schreibtisch im Sessel, nach hinten gelehnt, starr. Sein Mund stand offen, sein Gesicht war blau angelaufen, die Augen aufgerissen, unbeweglich, tot. Er musste erwürgt worden sein. Federer wollte auf ihn zustürzen, doch er war wie angewurzelt. Er wollte schreien, aber sein Schrei erstarb lautlos. Er blickte auf die Couch, die wartend dastand. Es konnte nicht wahr sein, durfte nicht.

Die Kollegen von der Spurensicherung wurden angefordert, trafen ein, begannen mit ihrer Arbeit. Federer stand nur dabei, passiv. Aus seiner Verzweiflung wurde plötzlich Wut. Bergasser hatte ihn belogen. Es drängte ihn nach draußen. Er entschuldigte sich bei den ermittelnden Kollegen und ging hinunter auf die Straße. Dort schien weiter die Sonne, es war warm, die Stadt war voller Leben. War alles nur ein böser Traum? Er schloss die Augen, atmete tief durch. Doch nichts hatte sich geändert, als er sie wieder öffnete.

Schweren Schrittes stieg er wieder hinauf, sah sich pflichtbewusst, aber verloren um, vielleicht ein letztes Mal in dem Behandlungszimmer, erstmals auch in den angrenzenden Wohnräumen des Analytikers. Alles erschien ihm fremd und unwirklich. Geschäftig und doch beinahe geräuschlos wurde überall systematisch nach Spuren gesucht, Fotos wurden gemacht, und die Leiche Bergassers wurde auf eine Bahre gelegt, um in die Gerichtsmedizin abtransportiert zu werden. Federers Blick fiel auf die Hände des Analytikers. Den warmherzigen, festen Händedruck würde er nie mehr entgegennehmen. Wie absurd, dass Bergasser beide Hände zu einem Victory-Zeichen gefaltet hatte, als hätte er und nicht der Tod gesiegt. Für Federer gab es hier nichts mehr zu tun. Bergasser war erwürgt worden. Von einem Täter oder einem Motiv fehlte bislang jede Spur, aber das war nicht ungewöhnlich, ein weiterer Mordfall am Dezernat. Und doch war alles anders als sonst. Gemeinsam mit den Kollegen verließ er den Tatort und sah noch, wie hinter ihm die Ordination versiegelt wurde. Dann stand er wieder auf der Straße.

7

Als sei nichts geschehen, holte er den Hund, um zur Arbeit in sein Büro zu gehen. Das Verhalten von Marilyn, der Weg durch die Gassen, die Geschäftigkeit der Stadt, alles war unverändert. Nur Hunger verspürte Federer nicht. Und er ging schneller als sonst. Etwas drängte ihn vorwärts, und dann, als er bereits an der Börse angelangt war, wollte er nur weg, ohne Ziel, nur weg.

Er sah einen betrunkenen Bettler, der seine bloßen Hände nach ihm streckte. Sie waren genauso gekrümmt wie bei Bergassers Leiche. Machte er sich lustig über ihn? Federer durchzuckte ein Impuls, ihm einen Tritt zu versetzen, doch er hielt sich zurück.

Disziplin und Ratlosigkeit trugen ihn ins Dezernat. Er brauchte Ruhe, redete er sich ein, wollte niemanden sehen. Es gelang ihm, unbemerkt sein Dienstzimmer zu erreichen, wo er seine ganze Aufmerksamkeit auf die Zubereitung eines verspäteten Morgenkaffees richten konnte. Stankovic kam erst übermorgen aus dem Urlaub zurück, so hatte er Zeit, seinen Bericht zu schreiben. Ihm wurde übel. Er eilte hinaus auf die Toilette, wo er sich übergeben musste, als kehre er sein Innerstes nach außen, um es dann hinunterzuspülen, einfach verschwinden zu lassen. Er fasste sich wieder, wusch sich das Gesicht mit eiskaltem Wasser und trank einen Schluck. In seinem Zimmer fauchte die Espressomaschine, und der Kaffee beseitigte den schlechten Geschmack in seinem Mund.

Doch er konnte nicht in seinem Sessel sitzen, ging stattdessen rastlos in seinem Zimmer auf und ab. Marilyn hielt das für ein Spiel und folgte ihm, suchte nach einem Ball, um dem Spiel einen Sinn zu geben. Er setzte sich wieder. Vor ihm stand fordernd die Schreibmaschine. Er legte das Formblatt ein. Sein Herz pochte. Alles war doch normal, hämmerte er sich ein. Er musste nur seine Pflicht erfüllen, doch es wollte ihm nicht gelingen.

Seine Finger waren wie Blei. Reglos verharrten sie auf den Tasten vor ihm, schienen ihm fremd. Er konnte diesen Bericht nicht schreiben. Der Mord an Bergasser war wie eine Bestätigung seiner tief verwurzelten Lebensangst. Er spürte nicht einmal Trauer, nur eine ratlose Leere.

Mechanisch begann er zu grübeln. Wenn Bergasser bedroht worden war, warum hatte er dann nichts gesagt? Federers Arbeit am Morddezernat war ihm doch bekannt gewesen, so wie alles. Kein Mensch hatte je so viel erfahren gehabt über ihn wie gerade der Analytiker. Umgekehrt galt das nicht, er wusste fast nichts über Bergasser. War eine so einseitige Beziehung überhaupt echt? Warum schwieg jemand, wenn er Hilfe brauchte? Federers Gedanken drehten sich im Kreis, dienten einzig dazu, ihn von der Arbeit fernzuhalten, die beharrlich auf ihn wartete. Solange er sich nichts eingestand, war nichts geschehen. Er schaute hinaus aus dem Fenster. In Wirklichkeit blühte das Leben da draußen im duftenden Frühlingsgrün.

Da klopfte es an seiner Tür, und er schrak zusammen. Marilyn sprang kläffend auf. Es war seine Kollegin Berndorfer.

„Grüß Sie, Federer. Ich habe von dem Fall gehört, den Sie da vorhin aufgespürt haben."

Federer hätte sie am liebsten hinausgeworfen. Nein, es gab nichts. Wie kam sie dazu, das Gegenteil zu behaupten? Er hasste ihre Neugier, die eher Gier war. Er hatte einen Mord, und den wollte sie ihm wegschnappen. Nur war sie während der Abwesenheit von Stankovic seine Vorgesetzte, und so riss er sich zusammen und schwieg.

„Ich habe bereits einen telefonischen Vorbericht von Fleischhacker aus der Gerichtsmedizin erhalten. Der Tod dürfte gestern gegen Mitternacht durch Erwürgen herbeigeführt worden sein. Wie sind Sie nur auf diesen Fall gestoßen?"

Ob er nun wollte oder nicht, er musste ihr die Auskunft geben, aber er sah nicht auf, hielt seine Augen starr auf den leeren Zettel vor sich gerichtet. Wenn dort nichts stand, gab es auch keinen Mordfall, selbst wenn er ihr davon erzählte.

„Er war mein Analytiker."

Mehr kam nicht über seine Lippen. Er bezweifelte, dass sie auch nur eine Ahnung von der Bedeutung seiner Aussage haben würde, doch zu seiner Überraschung spürte sie, dass etwas mit ihm nicht in Ordnung war. Mit einer Sensibilität, die er ihr niemals zugetraut hätte, schwieg sie einen Augenblick lang und sagte dann:

„Dann war er also so etwas wie ein Vater für Sie?"

„Eigentlich eher das genaue Gegenteil von meinem Vater, und das war gut so."

Zum ersten Mal spürte er einen Schmerz, wie von einem Messer, dem er nicht ausweichen konnte, das sich mit jeder Bewegung tiefer in sein Fleisch bohrte.

„Das tut mir wirklich Leid."

Federer war verwirrt, denn sie meinte es ehrlich. Der Umgang mit ihr war einfacher, wenn sie vom Ehrgeiz zerfressen mit ihrer Arbeit dem Dezernatsleiter zu imponieren suchte. Ihr Verständnis torpedierte seinen Versuch, das Geschehene zu leugnen, zumindest die damit verbundenen Gefühle zu unterdrücken. Er wollte etwas entgegnen, aber die Worte blieben ihm im Hals stecken.

„Federer, ich glaube, es ist das Beste, wenn Sie erst einmal Abstand gewinnen. Schildern Sie mir kurz, was passiert ist, und ich kümmere mich dann um den Bericht und um unser weiteres Vorgehen. Wir haben ja zurzeit sonst nicht viel zu tun hier."

Er war sich nicht sicher, was sie damit bezweckte. Wollte sie nur den Fall an sich reißen, oder war sie wirklich verständnisvoll und kollegial? Aber was machte das schon? Recht hatte sie jedenfalls, er kam im Moment nicht weiter. Das leere Blatt, an dem seine Augen immer noch festhingen, war nur zu deutlich ein Beleg dafür.

„Sie meinen, ich soll ...?"

„Erzählen Sie mir kurz, was Sie gefunden haben, und dann gehen Sie heim. Ich übernehme vorläufig die Ermittlungen, bis der Herr Oberst zurück ist."

„Er, er ..., ich hatte heute einen Termin bei ihm, um acht, und dann hat er die Tür einfach nicht geöffnet. Er hat nie eine Stunde ausfallen lassen, aber heute ... Ich habe Sturm geläutet, dann versucht ihn anzurufen, ohne Erfolg. Da habe ich eine Streife angefordert, um die Tür aufbrechen zu lassen ..."

Er stockte, fuhr aber automatisch fort:

„… Beim Eintreten in die Ordination war nichts Außergewöhnliches zu sehen. Erst in seinem Arbeitszimmer, da saß er in seinem Sessel, erwürgt. Sein Mund stand offen, und sein Gesicht war blau angelaufen. Alles sonst war unauffällig. Mehr war nicht."

„Das reicht mir vorerst schon. Ich werde den ausführlichen Befund von Fleischhacker und die Ergebnisse der Spurensuche abwarten, und Sie lassen es für heute gut sein. Wir sehen uns dann morgen wieder."

„Danke."

Er war immer noch durcheinander. Draußen kam ihm alles vor, als nehme er nicht daran teil. Die Mittagssonne strahlte ihm prall ins Gesicht, als schreie sie bedingungslos nach Leben. Was sollte er jetzt tun? An Ausruhen war nicht zu denken. Er musste etwas unternehmen, war innerlich aufgewühlt, doch gleichzeitig wie gelähmt. Er sollte endlich etwas essen, aber ihm war nicht danach zumute. Wie ferngesteuert machte er sich auf den Heimweg. Zu Hause würde ihm die Decke auf den Kopf fallen. Die Sonne ging ihm auf die Nerven.

Er war am Stephansdom angelangt, blieb stehen, hob den Hund hoch und versteckte ihn unter seinem Jackett. Dann trat er ein in den Dom, ließ sich treiben im Strom der Touristen, wo er zwar einsam, aber nicht allein war. Das kühle Dunkel traf seine Stimmung, das Frösteln war irgendwie erleichternd. Nicht, dass Federer gläubig gewesen wäre. Er war kein Glaubender, sondern ein Zweifler. Bis zum Beweis des Gegenteils war man unschuldig, und bis zum Beweis des Gegenteils gab es für ihn keinen Gott. Seiner Meinung nach existierte Religion lediglich für diejenigen, denen es schwer fiel, für ihr Leben selbst die volle Verantwortung zu übernehmen. Sie erfanden sich einen göttlichen Übervater, der ihnen als Zugabe sogar noch das ewige Leben versprach, und im Laufe der Zeit war diese Erfindung institutionalisiert worden und hatte ein ganzes System von Nutznießern hervorgebracht.

Doch die feierlich behütete Atmosphäre des Domes tat ihm jetzt gut. Instinktiv hatte er diesen Ort aufgesucht, sog den Duft von Kerzen und Weihrauch tief in sich ein. War das sein erster

Schritt auf dem vor ihm liegenden langen Weg, sich von Bergasser zu verabschieden? Er wusste es nicht, nahm an der linken Seite weit vorne auf einer der alten Holzbänke Platz, blickte auf das sich in den farbigen Fenstern der Apsis brechende Licht und hielt den Hund fest an sich gepresst, der ruhig an seiner Brust atmete. Eine ganze Weile saß er so dort, unbeweglich. Schließlich stand er wieder auf und ging heim.

In seiner Wohnung erwartete ihn eine Nachricht auf seinem Anrufbeantworter:

„Grüß Gott, Herr Federer. Hier spricht Frau Sonnenberg von der Wiener Gesellschaft für Psychoanalyse. Wir haben mit Erschütterung von dem tragischen Tod unseres geschätzten Doktor Bergasser erfahren und wissen, was für ein Schock diese Nachricht für seine Analysanden sein muss. Aus diesem Grund haben wir einen Notdienst eingerichtet. Wir bitten um Rückruf unter 5191090, um Ihnen eine direkte Verbindung zu einem unserer anderen Mitglieder anbieten zu können. Unser Büro ist heute ausnahmsweise bis zwanzig Uhr besetzt."

War es Sorge oder Geschäftstüchtigkeit, die diesen Anruf veranlasst hatte? Federer kam zu dem Entschluss, dass es eher Sorge sein müsse, denn er kannte die langen Wartezeiten, die bei Analytikern üblich waren. So wählte er die genannte Nummer und erhielt schon für denselben Abend einen Termin bei einer Frau Doktor Zumbrich, deren Ordination sich in der Singerstraße, ebenfalls unweit seiner Wohnung, befinde.

Ihn überfiel eine bleierne Müdigkeit, doch er durfte sich nicht so gehen lassen, ermahnte er sich. Wenn es jemanden gab, der diesen Fall zu lösen hatte, dann war das er und niemand sonst, das war er Bergasser schuldig. Er fühlte sich hin- und hergerissen zwischen lähmender Trauer und selbstverständlicher Pflichterfüllung. Berndorfer hatte den Fall an sich genommen, aber das sollte ihn nicht daran hindern, selbst aktiv zu werden. Stankovic hätte sicher nichts dagegen. Doch wo sollte er beginnen?

Der Mord war nach jetziger Sachlage eine Einzeltat. Und wenn nicht? Vielleicht gab es einen Geisteskranken in der Stadt, der sich an Psychiatern rächen wollte. Bergasser war beides gewesen, Psychiater und Psychoanalytiker. Federer stutzte. Das war schon beinahe alles, was er über Bergasser wusste. Bei der Inspektion seiner Wohnung hatte er lediglich herausgefunden, dass der Analytiker sie allein bewohnt zu haben schien. Ob er eine Familie hatte, entfernte Verwandte oder Freunde? Diese Frage würde Berndorfer in kürzester Zeit geklärt haben, hatte sicher auch schon die Nachbarn nach ungewöhnlichen Vorkommnissen befragt. In solchen Dingen war Verlass auf sie. Wahrscheinlich war es doch am besten, ihrem Ratschlag zu folgen und die Ermittlungsergebnisse morgen abzuwarten. Ohne sie kam er im Moment nicht weiter.

Er verdunkelte die Fenster und ließ sich in eine irgendwo zwischen Wachsein und Schlaf angesiedelte Starre fallen, aus der ihn schließlich sein Wecker herausriss.

8

Da er nicht einmal seine Kleidung abgelegt hatte, stand Federer einfach auf und war schon Minuten später in der Singerstraße. Eine Weile lang blieb er unsicher stehen vor dem Ordinationsschild: „Dr. Erna Zumbrich-Mahler, Psychoanalyse, Termine nur nach Vereinbarung". Er spürte, wie sehr er Bergasser vermisste. Auf sein Läuten hin öffnete sich das Haustor, und er ging zu Fuß hinauf in den zweiten Stock. Dort klingelte er noch einmal und wurde auch hier automatisch hereingelassen. Er trat ein in einen langen schmalen Flur, ohne dass ihm jemand entgegengekommen wäre, klopfte an die leicht offen stehende Türe am Ende des Ganges und vernahm ein: „Herein."

Drinnen saß Doktor Zumbrich an ihrem Schreibtisch, grüßte ihn eher kühl als freundlich und bat ihn, die Türe hinter sich zu schließen und ihr gegenüber Platz zu nehmen. Sein Blick schweifte orientierend durch den Raum. Schreibtisch und Couch standen hintereinander, so dass die Analytikerin, um ihre Position zwischen beiden zu wechseln, nur ihren Sessel drehen musste. Die gegenüberliegende Wand war eingenommen von Bücherregalen, mit einem offenen Kamin in der Mitte, dessen Sims eine Büste Gustav Mahlers und eine Sammlung kleiner erotischer Figuren afrikanischer Stammeskunst trug.

„Lassen Sie mich Ihnen meine Konditionen schildern, und dann können wir uns anschauen, wie Sie die aktuelle Situation aufgenommen haben."

Sie erläuterte ihm ihren Stundensatz, ihre Urlaubsregelung, dass sie nach einer Woche zu einer Übereinkunft kommen müssten, ob er seine Analyse bei ihr fortsetzen wolle, und sie bot ihm vier Stunden pro Woche an, eine mehr als Bergasser.

Federer musterte sie, während sie sprach. Sie durfte Mitte fünfzig sein. Ihr graues Haar trug sie nach hinten gekämmt, wo es zu einem Knoten gebunden war. Zusammen mit ihrer eher hageren Erscheinung, der schwarzen Kleidung und einem konzentrierten Gesichtsausdruck wirkte sie auf ihn recht streng, aber nicht unsympathisch. Würde sie ihm dabei helfen können, Bergassers gewaltsamen Tod zu verarbeiten?

Sie forderte ihn dann auf, sich auf die Couch zu legen, und er begann zu berichten, was an dem Morgen geschehen war, wie er vor der verschlossenen Tür gestanden und schließlich mit Hilfe der herbeigerufenen Streife die Leiche gefunden hatte. Da sie ihn noch nicht kannte, fasste er auch seinen beruflichen Werdegang zusammen, wie er nach dem Kunststudium zur Polizei gekommen war, dass ihm der Beruf nicht wirklich behagte, mehr Protest gegen seinen Vater, den Staatsanwalt, als Berufung war. Als Ermittler war er schneller als die Bürokraten in der Staatsanwaltschaft, wie er fand. Nur war sein Vater längst pensioniert, doch er, Federer, saß immer noch in seinem ungeliebten Brotberuf. Außerdem erzählte Federer von seiner Therapie bei Bergasser – von den Ängsten, an denen er gelitten hatte und zum Teil immer noch litt, und von deren Hintergründen. Plötzlich hielt er inne und lauschte. Lediglich der Atem von Doktor Zumbrich war zu hören. Es hätte genauso gut Bergasser sein können, der hinter ihm saß. War das Absicht von ihr? Die Stunde musste gleich zu Ende sein. Sie hatte gar nichts gesagt, aber er fühlte sich ein wenig erleichtert. Einige Minuten verstrichen, in denen auch er jetzt schwieg. Aber dann konnte er die Stille kaum noch ertragen, fühlte sich einsam, Bergasser hatte ihn im Stich gelassen.

„Ich weiß nicht, ob ich das alleine verkrafte. Es ist das gleiche Gefühl wie früher, als meine Mutter ihre Psychosen hatte und als sie sich dann das Leben nahm. Ich hatte mich schon davon gelöst, doch jetzt kommt es wieder hoch. Ich brauche Ihre Hilfe, aber Sie bleiben stumm ..."

Er war verzweifelt, doch auch wütend. Da unterbrach sie ihn mit dem Hinweis darauf, dass die Stunde nun zu Ende sei.

„... und ich habe den Eindruck, dass die Wurzel Ihrer Ängste darin besteht, dass Sie mit mir schlafen wollen. Wir sehen uns dann morgen früh um acht. Wenn Sie bitte beim Hinausgehen die Türe des Zimmers offen lassen und die Eingangstüre schließen würden, auf Wiedersehen."

Federer wollte etwas erwidern, aber er war so überrascht, dass er einfach nur ihrer Aufforderung nachkam. Die ganze Stunde über hatte sie nichts gesagt – und dann machte sie so eine Bemerkung zum Abschied. Aber hatte sie nicht Recht, was sein Verhältnis zu Frauen anging? Durchschaute sie ihn so ohne weiteres?

Doch er rätselte nicht weiter, sondern er eilte nach Hause, weil Vera bald bei ihm sein musste. Er war nicht einmal aufgeregt, zu sehr hatte der Tag ihn mitgenommen.

Kaum war er in seiner Wohnung, läutete es auch schon. Als sie dann in der Tür vor ihm stand, kehrte mit ihr der Frühling zurück. Der Schleier des Todes, der sich lähmend auf die vergangenen Stunden gelegt hatte, war wie fortgeblasen.

„Guten Abend. Ich freue mich, dass wir uns wiedersehen."

Sie reichte ihm die Hand, war ein wenig außer Atem. Offenbar hatte sie sich sehr beeilt, um zu ihm zu kommen, doch schien sie in Gedanken noch woanders zu sein.

„Mir geht es ganz genauso."

Ihre Distanziertheit wirkte mit einem Mal schüchtern, was ihn anzog. Sie wandte sich dem Hund zu.

„Die Kleine ist wirklich süß."

„Kommen Sie doch herein. Wie haben Sie denn Ihre Brustplastiken und Fettabsaugungen heute überstanden?"

„Die Brüste waren kein Problem, aber bei einer der beiden Fettabsaugungen ist es zu einer Komplikation gekommen, weil wir zuerst links zu wenig und dann rechts zu viel abgesaugt hatten. Es wollte kein Ende nehmen. Wir mussten dann links noch einmal dran, damit die Bauchdecke wieder gleichmäßig wurde, sonst hätte es sicher eine Beschwerde gegeben. Zum Glück hat die Patientin nichts davon mitbekommen, weil sie auf einer Vollnarkose bestanden hatte."

Vera lächelte erleichtert, während Federer bemüht war, sich ihre Ausführungen nicht bildlich vorzustellen. Mit wie viel Hässlichkeit sie tagtäglich konfrontiert sein musste. Jedenfalls plauderte sie offenbar gerne über ihre Arbeit, und von seinem Tag wollte er nichts erzählen, nicht einmal daran denken.

„Dann ist ja alles gut ausgegangen. Kann ich Ihnen noch etwas anbieten, oder wollen wir uns auf den Weg machen? Wir haben es nicht weit."

„Von mir aus können wir gleich gehen."

„Gut, ich bin schon gespannt. Ich kenne den Künstler, der heute Abend gezeigt wird, zwar nicht, aber die Galerie, die ihn ausstellt, genießt einen guten Ruf. Kennen Sie sich ein wenig aus in der Kunstszene?"

„Nein, eigentlich eher nicht. Ich sagte Ihnen ja, dass ich mit meiner Arbeit genügend ausgelastet bin."

Meinte sie das als diskrete Abfuhr – doch warum war sie dann überhaupt gekommen? Als er zum Öffnen der Türe an ihr vorbeigehen musste und dabei zufällig leicht ihre Brüste streifte, bekam er eine Gänsehaut. Beinahe hätte er Marilyn vergessen, und dabei liebte sie Galeriebesuche, nicht wegen der Kunst, sondern wegen des Büfetts.

Die zufällige Berührung von gerade eben wirkte noch nach, und wieder verschlug es Federer die Sprache in Veras Gegenwart, als sie jetzt durch die mittelalterlichen Innenhöfe zwischen Grünanger- und Blutgasse zu der Galerie schlenderten, die dort in einem der riesigen alten Keller untergebracht war. Zwei lodernde Fackeln säumten den Eingang, und sie stiegen hinab ins Gewühl. Auch unten war der hohe, in Backstein gemauerte Kellersaal von Fackeln ausgeleuchtet. Ihr Flammenspiel überzog die Gewölbedecke und tauchte den Raum in ein urtümliches Licht. Nur die an den Wänden in weitem Abstand gehängten Bilder waren durch einzelne helle Spotlichter hervorgehoben. Auf ihnen waren ausnahmslos schwarz skizzierte Torsi zu sehen, in deren Mitte farbenfrohe Erektionen prangten. Federer befürchtete, Vera könne missverstehen, warum er sie hierher gebracht hatte, aber er hatte vom thematischen Schwerpunkt dieser Ausstellung keine Ahnung gehabt.

Der zur Eröffnung eigens geladene Kunstkritiker begann gerade mit seinem Vortrag. Überschwänglich lobte er die kreative Potenz des Künstlers, die in dieser Bilderreihe unter dem Titel „Säulen der Fruchtbarkeit" einen bisherigen Höhepunkt gefunden habe. Bereits sein vorangegangener Zyklus „Vaginal Vases" sei in New York mit enthusiastischem Lob gefeiert worden, und den neuen Arbeiten werde es sicher genauso ergehen. Der Künstler selbst fand anschließend nur ein kurzes Wort des

Danks. Er war von eher unscheinbarer kleiner Gestalt, rundlich und kahlköpfig. Der Applaus war höflich, das Büfett eröffnet.

„Wie gefallen Ihnen die Bilder?"

Federer hatte gezaudert, diese Frage zu stellen.

„Ich finde sie ausgezeichnet. Wissen Sie, wir machen auch Penisplastiken bei uns, und die verschiedenen Modelle hier gefallen mir gut. Mich würde interessieren, wo der Künstler sie her hat ..."

Gleich aus mehreren Gründen war Federer erleichtert, dass sie an der Vernissage Gefallen zu finden schien.

„ ... Wir haben in der Ambulanz einen Modellkatalog. Wahrscheinlich hat der Künstler so einen als Vorlage benutzt."

„Da haben Sie einen Katalog, in dem sich Ihre Kunden dann aussuchen können, wie sie ... also dann nach der Operation ...?"

Ihm war äußerst unbehaglich bei der Vorstellung, Form und Größe eines so empfindlichen und identitätsstiftenden Körperteils mittels operativer Eingriffe an Katalogvorgaben wie „Zuchtbulle", „Almdudler" oder „Ringelschwänzchen" anzupassen.

„Ja, es gibt eine ganze Modellpalette von der einfachen Verlängerung mit Hodensacklifting bis hin zur vollkommenen plastischen Neuformung. Wäre das etwas für Sie?"

„Oh nein ... nein danke. Ich bin bisher immer überaus zufrieden gewesen – keine Klagen. Mir geht es wie Ihnen. Ich lasse kein Messer an mich heran und schon gar nicht in diesem sensiblen Bereich."

Entrüstung und Entsetzen zogen hier an einem Strang. Er überlegte gerade, wie er ihr, ohne allzu plump zu wirken, vorschlagen könne, sie möge sich doch selbst überzeugen, dass er keinen Bedarf an einer wie auch immer gearteten Modifikation seiner Person habe, als sein Blick auf Doktor Zumbrich fiel, die, auf Krücken gestützt, mit ernster, überzeugter Miene, vor einem der großen Phallusbilder in eine Konversation mit dem Künstler vertieft war.

„Es wird Sie vielleicht überraschen, aber bei der Beratung vor der Operation ist gar nicht selten der Wunsch der Partnerin ausschlaggebend für die Entscheidung über die geplanten Änderungen."

Federer war so abgelenkt durch das unerwartete Zusammentreffen mit der Analytikerin, dass er den letzten Satz überhört hatte. Statt zu protestieren, deutete er auf Doktor Zumbrich:

„Entschuldigen Sie, ich war gerade in Gedanken bei der Dame dort, ich habe sie schon einmal getroffen."

Vera blickte hinüber.

„Die kenne ich auch. Sie hat sich im letzten Jahr bei uns operieren lassen."

„Was für ein Zufall, dass wir hier eine gemeinsame Bekannte finden."

„Sollen wir zu ihr gehen?"

„Nein, lieber nicht, ich bin ihr nur einmal flüchtig begegnet."

„Sie arbeitet als Psychoanalytikerin."

„Das wissen Sie?"

„Ja, wieso, Sie auch?"

Weder wollte er ihr etwas von seiner heutigen Begegnung mit der Analytikerin erzählen noch von den Begleitumständen und ging daher nicht auf ihre Frage ein.

„Weswegen, sagten Sie, war sie bei Ihnen in der Ambulanz?"

„Eigentlich darf ich das ja nicht verraten, aber, na gut ... Sie hatte eine Dupuytren´sche Kontraktur, eine Sehnenverkürzung an den äußeren Fingern beider Hände. Die Operation ist recht gut gelungen, aber das können Sie jetzt nicht sehen wegen ihrer Krücken. Die braucht sie, wenn ich mich richtig erinnere, aufgrund eines angeborenen Hüftschadens."

„Das ist also der Grund ..."

„Der Grund wofür?"

„Ja, ich weiß auch nicht, ob ich Ihnen das erzählen sollte. Sie ..."

Er unterbrach sich. Veras Offenheit verleitete ihn dazu, ebenfalls mehr preiszugeben, als ihm erlaubt war. Doch sie kamen sich näher auf diese Weise.

„Sagen Sie, würde es Ihnen etwas ausmachen, wenn wir das Förmliche beiseite lassen?"

„Nein, wieso?"

„Also ich heiße Georg."
„Ich weiß."
„Ach ja, stimmt. Nun, als wir uns gestern kennen lernten, hatte ich doch einen Termin bei meinem Analytiker. Und heute Morgen war er plötzlich tot ..."
Den Mord wollte Federer vorläufig unerwähnt lassen. Sie blickte ihn ungläubig an, wie wenn er sich mit einer erfundenen Geschichte bei ihr interessant machen wollte.
„... Ich weiß, dass sich das abenteuerlich anhört, aber leider ist es wahr."
„Wenn das wirklich stimmt, dann tut es mir sehr Leid für dich. Da musst du ja ziemlich am Boden sein."
Zum ersten Mal zeigte Vera eine emotionale Regung ihm gegenüber. Wurde Bergassers Leiche zum Kuppler?
„Ehrlich gesagt kann ich das Ganze immer noch nicht recht begreifen. Und jetzt, seit heute, ist Doktor Zumbrich dort meine neue Analytikerin."
Vera trat dicht an ihn heran und legte sanft ihre Hand auf seinen Arm. Gerade noch hatte er sagen wollen, dass ihm die Anwesenheit der Analytikerin unbehaglich sei und er daher gehen wolle, aber ihre deutliche Geste von Nähe, vielleicht sogar Zuneigung war stärker.
„Soll ich uns ein Glas Wein holen?", fragte er stattdessen.
„Ja, gern."
Ihre Stimme klang mit einem Mal weicher, und sein Herz schlug schneller. Er wollte diesen Tag vergessen, einfach nur leben. Er sah nur noch sie, ihr Lächeln im Schein der Fackeln und zwängte sich vor zum Büfett. Marilyn trug er dabei auf dem Arm wegen der vielen Menschen und weil er sich in heiklen Situationen am liebsten an ihr festhielt. Der Rückweg mit zwei gefüllten Gläsern in nur einer Hand wurde so zum Balanceakt. Er stieß versehentlich gegen einen Schnauzbärtigen, verschüttete dennoch kaum etwas.
„Es war wirklich ein fürchterlicher Tag, der mir noch lange nachhängen wird, aber vielleicht sollte ich ihn als Zeichen auffassen, das Leben auszukosten, so lange es geht."
„Ja, aber das ist doch selbstverständlich."

Wie verwandelt schien sie auf einmal seinem Denken zu folgen. Er wollte sie berühren, doch Marilyn in der einen und sein Weinglas in der anderen Hand hinderten ihn daran. Er trank den Wein in einem Zug aus und suchte gerade nach einem Weg, das leere Glas loszuwerden, als er ihre Fingerspitzen dort spürte, wo sie ihn abends zuvor im Konzert liebkost hatten. Er war sofort erregt, wollte ihr vorschlagen, aufzubrechen und zu ihm nach Hause zu gehen, da begann eine Musikgruppe zu spielen.

„Das ist ja super, wir können tanzen."

„Aber sollten wir nicht lieber ..."

Ihre Hand war verschwunden, und sie begann vor ihm hin und her zu hüpfen. Zumindest wirkte es so, wie er fand. Eigentlich ..., doch er schloss sich ihr an, den Hund fest an sich gepresst, und nach einer Weile war es ihm sogar angenehm, wie wild auf der Stelle zu springen und an nichts mehr zu denken, an rein gar nichts mehr. Da sah er im Schein der Fackeln wieder ihre Lippen, ihren halb geöffneten Mund und verlor sich in diesem Anblick. Nicht grübeln – leben wollte er. Sie tanzte vor ihm, und kaum merklich näherte er sich ihr. Sie wich ihm nicht aus. Die Musik wurde langsamer, und sie lehnte ihren Kopf an seine Brust, der Hund zwischen ihnen. Noch traute er sich nicht, aber ihr Körper sprach eine eindeutige Sprache. So überwand er sich schließlich, flüsterte ihr ins Ohr, und sie nickte.

Die meisten Gäste waren bereits gegangen, als sie in die immer noch von der Wärme des Tages erfüllte Abendluft hinaustraten. In dem Innenhof herrschte vollkommene Ruhe, er war nur spärlich von der angestrahlten Turmspitze des Domes erleuchtet. Gemächlich spazierten sie durch Höfe und Gassen, waren gänzlich ungestört. Ihr Arm lag in dem seinen, und mit jedem Schritt schienen sich ihre beiden Körper aufeinander einzustimmen. Zwar waren ihm die Ereignisse des Tages präsent, aber jetzt gab es nur noch sie. Das Zusammensein mit ihr würde ihn herausreißen aus dem Strudel der vergangenen Stunden.

9

In seiner Wohnung bot er ihr etwas zu trinken an, doch sie lehnte ab. Er entzündete einige Kerzen und legte Mahlers Vierte auf. Noch bevor sie sich niedergesetzt hatten, um einander näher zu kommen, wurde Vera sehr direkt:

„Zieh dich aus, ganz aus, und leg dich auf das Sofa."

„Ich soll was ...?"

Zweifelsfrei wollte er das, aber ihm fehlte die Romantik, die er sich in seinen Fantasien auf dem Heimweg ausgemalt hatte.

„Na, zieh dich aus, und mach es dir bequem. Ich bin gleich wieder da."

Zielstrebig verschwand sie in seiner Küche. Er war irritiert, doch er gehorchte, begann sich den Oberkörper frei zu machen, hielt inne, zog sich dann ganz aus bis auf seine Unterhose. In der Küche hörte er Vera herumstöbern, den Kühlschrank öffnen und dann wieder schließen. Was wollte sie nur? Sie ließ sich Zeit. Zweifel und Scham verunsicherten ihn, doch seine Neugier war stärker. Schließlich stand er vollkommen nackt im Kerzenlicht und befolgte auch noch den letzten Teil ihrer Anweisung, legte sich rücklings auf sein Sofa und wartete. Wenn sie ihn nun ausraubte, schoss es ihm durch den Kopf. In seinem Zustand wäre er nicht in der Lage ihr hinterherzulaufen. Doch sie kam zurück, in der Hand ein Honigglas.

„Liegst du bequem?"

„Ja, schon."

„Dann bleib so."

Sie näherte sich ihm, machte aber keine Anstalten, sich ebenfalls zu entkleiden, sondern setzte sich an seine Seite und öffnete das Honigglas.

„Schließ deine Augen."

„Aber du ..."

„Nun mach schon."

Er war nervös und doch gierte er nach ihr, tat wie sie ihm befahl. Auf einmal wurde es kalt, im ersten Moment unangenehm, dann angenehm kühl, und er spürte, wie ihre Hand den Honig dort verteilte, wo er ihn bisher nie zu spüren bekommen hatte. Erst ließ sie ihm Zeit, sanft, doch bestimmt. Dann beugte sie sich zu ihm herab, und ihr Haar streifte seinen Bauch, während die Spitze ihrer Zunge am Honig naschte. Er wurde fast wahnsinnig vor Erregung, sein Körper vibrierte angespannt. Jeder Versuch sich zu sträuben schwand, und es dauerte nicht lange, bis er himmlische und irdische Freuden wie in einem ekstatischen Rausch genoss, obwohl der letzte Satz der Symphonie noch längst nicht begonnen hatte.

Verklärt öffnete er die Augen und sah, wie sie ihn anlächelte.

„Ich muss jetzt los."

Vollkommen außer Atem und wie in Trance nahm er ihre Worte kaum wahr und reagierte erst, als sich seine Wohnungstüre schloss.

„Ja, aber ..."

Sie war verschwunden. Er lag da und alles an ihm klebte, aber er rührte sich nicht. Was für eine sonderbare Erfahrung, lustvoll und doch so abrupt vorbei. Etwas raubte ihm die Luft. Er stand auf und ging zum Fenster, um es zu öffnen und den nächtlichen Wind zu spüren. Sie war einfach gegangen, und ihm war nicht einmal klar, was er für sie empfand. War es Lust oder Liebe?

Auf einmal sehnte er sich nach Cecilia, wünschte sich, ihr nah zu sein wie nie zuvor.

Er ging ins Bad, drehte den Wasserhahn ganz auf und genoss den heißen Dampf, der in Schwaden aufstieg, während sich die Wanne füllte. Er verbrühte sich beinahe, als er einstieg, aber schon bald hatte er sich an die Wärme gewöhnt, streckte sich lang aus und schloss die Augen, war für einen Moment lang wieder bei den genussvollen Augenblicken von vorhin. Aus dem Wohnzimmer drang der letzte Satz der Symphonie zu ihm herein: „Wir genießen die himmlischen Freuden ..."

Doch etwas in ihm wollte mehr als noch so prickelnde Lust, sehnte sich nach einer tieferen Nähe. Bergasser fehlte ihm. Federer tauchte unter und hielt die Luft an. Sollte er mit Cecilia sprechen? Bei ihr waren Liebe und Lust eins gewesen. Das war es, was er suchte. Es war schon mitten in der Nacht, aber er würde sie jetzt anrufen.

Er verließ das Bad, trocknete sich ab und ging zum Telefon, doch er erreichte nur ihren Anrufbeantworter. Wo mochte sie sein um diese Uhrzeit? Die Frage behagte ihm nicht.

„Cara, ich bin es, Georg. Ich habe deine Nachricht erhalten. Du fehlst mir."

Dann legte er auf. Gebracht hatte ihm dieser Anruf nichts, im Gegenteil. Aber er durfte sich nicht in Selbstmitleid flüchten. Nein, er musste den Mörder von Bergasser finden. Das war seine verdammte Pflicht. Auf einmal war er wach, hellwach, setzte sich nackt in seinen Sessel an das offene Fenster.

Bergasser war gestern gegen Mitternacht in seiner eigenen Ordination erwürgt worden. Das war schon alles zum aktuellen Stand der Ermittlungen. Ob der Analytiker so spät noch Patienten empfangen hatte? Möglicherweise hatte es einen Notfall gegeben. Überhaupt, wie kamen die anderen Patienten mit dem plötzlichen Tod ihres Therapeuten zurecht, und wer waren sie?

Die Tat schien nicht gezielt geplant worden zu sein, da sie ohne Waffe, mit bloßen Händen verübt worden war. Eine gewisse Kraft gehörte dazu, das sprach eher für einen Mann als Täter. Es hatte keine Anzeichen für einen Einbruch gegeben. Bergasser hatte den Mörder demnach selbst hereingelassen, ihn also wahrscheinlich gekannt und sogar erwartet. Oder jemand hatte einen zweiten Schlüssel, eine Haushälterin? Eine Aufstellung aller Personen, mit denen Bergasser in Verbindung stand, würde Berndorfer sicher schon morgen präsentieren. Es war eigenartig, wie er innerhalb kürzester Zeit mehr über seinen Analytiker erfahren würde als in den ganzen Jahren davor.

Unten lag der Platz friedlich im silbrigen Mondlicht, wie ein dunkles Loch der Durchgang zur Ballgasse, als verberge er ein Geheimnis.

So wie bisher jede Spur eines Täters fehlte, gab es auch nicht den geringsten Hinweis auf ein Motiv. Alles in der Ordination und auch in der Wohnung hatte unberührt gewirkt. Das sprach genauso wie die Art des Mordes für eine persönliche Auseinandersetzung. Doch wen mochte Bergasser so verletzt haben? Der Gedanke war Federer unvorstellbar. War Bergasser privat vielleicht ein ganz anderer gewesen als bei seiner Arbeit, hatte er womöglich ein Doppelleben geführt?

Es war inzwischen ein Uhr nachts, aber Federer drängte es, auf der Stelle mit Nachforschungen zu beginnen. Zwar gab es um diese Uhrzeit nichts zu tun, doch an Schlaf war nicht zu denken. Er zog sich an, ließ Marilyn, die sich in einer Ecke zusammengerollt hatte, wo sie war, und ging nach draußen, in die Stille der nächtlichen Stadt. Er musste hinaus, seinen Gedanken freien Lauf lassen und sich in den Fall einfühlen, am besten am Tatort selbst.

Es war ungefähr die Zeit, in der in der vergangenen Nacht der Mord passiert sein musste. Schon war er durch den finsteren Torbogen in die spärlich beleuchtete Ballgasse gelangt. Alles war ihm vertraut.

Und wenn nun Bergasser gar nicht das eigentliche Ziel der Tat gewesen, sondern er zum Opfer seiner analytischen Arbeit geworden war, der Mörder ihn beispielsweise anstelle eines verhassten Vaters umgebracht hatte? Bergassers Aufzeichnungen könnten Anhaltspunkte hierzu liefern. Sie unterlagen zwar der Schweigepflicht, doch im Falle eines Mordes galt diese nicht, wenn Federer sich richtig an das Gesetz erinnerte. Es war eine merkwürdige Vorstellung, dass er die Akten zu seinem eigenen Fall lesen würde, und seine Kollegen würden das ebenfalls. Der Gedanke behagte ihm gar nicht. Waren die Unterlagen bereits im Dezernat? Nein, sie mussten an die Wiener Gesellschaft für Psychoanalyse weitergegeben worden sein, denn wie sonst hätte man ihn kontaktieren können? Offenbar hatte die analytische Gesellschaft sofort nach Bekanntwerden der Tat einen Gerichtsbeschluss zur vorläufigen Sicherstellung der Patientenakten erwirkt.

Die Gasse war menschenleer, alle Lokale hatten bereits geschlossen. Ihn fröstelte. Er stand vor dem Haustor Bergassers, erschrak, plötzlich genau hier zu sein. Es war viel zu spät, und er kehrte um. Der Einzige, dem er in dieser Nacht noch begegnete, war ein junger Mann, aber Federer beachtete ihn kaum. Im Schein einer Straßenlaterne fiel ihm nur beiläufig auf, dass es wieder dieser ganz in Rot Gekleidete war, der ihn tags zuvor zu seiner Überraschung gegrüßt hatte.

Da plötzlich hallten Schritte, und Federer drehte sich um, sah den Unbekannten direkt vor sich, der ihm aus einer Flasche eine Flüssigkeit auf sein Jackett schüttete. Es roch nach Benzin. Gleich darauf warf der Angreifer eine glimmende Zigarette hinterher, und Federer stand in Flammen. In Panik riss er sich das lichterloh brennende Jackett vom Leib und kam mit dem Schrecken davon, doch der andere war längst verschwunden.

10

Federerer war erst spät zur Ruhe gekommen, hatte dann tief geschlafen und wurde jetzt nur wach, weil Marilyns Schnauze ihn am Fuß kitzelte. Die Sonne schien in sein Zimmer, und er drehte sich um, um weiterzudösen, aber das wollte ihm nicht gelingen. Zu sehr wirkte der Schock der vergangenen Nacht noch nach.

Da erst fiel ihm ein, dass er ja zu Doktor Zumbrich musste. Eilig zog er sich an und war schon bald darauf bei der Analytikerin angekommen. Wie tags zuvor öffneten sich auf sein Klingelzeichen hin die Türen wie von Geisterhand, und wieder begrüßte Zumbrich ihn von ihrem Sessel aus. Doch er wusste jetzt, warum das Entree bei ihr so ungewöhnlich war.

„Auf mich ist ein Brandanschlag verübt worden, letzte Nacht …"

Statt sein Entsetzen zu teilen, wie er es von der Analytikerin erwartet hätte, gab diese keinen Ton von sich.

„Sie glauben mir wohl nicht … Ich habe Sie gestern Abend gesehen bei einer Vernissage …"

Auch jetzt erwartete er eine zustimmende oder auch eine überraschte Äußerung der Analytikerin, aber sie schien alles, was er sagte, zu ignorieren. War es ihr unangenehm, dass er jetzt von ihrer Behinderung wissen musste?

„Ich habe auch erfahren, warum Sie eine Gehhilfe benötigen."

Er wunderte sich selbst über seine Wortwahl, aber es klang höflicher, als wenn er von Krücken gesprochen hätte.

„So?"

Na also, sie reagierte. Es war ihm schon sonderbar vorgekommen, dass sie nie auf ihn einging. Sie war so ganz anders als Bergasser, mit dem er sich durchaus lebhafte Diskussionen geliefert hatte. Hier bei ihr kam er sich dagegen verloren vor.

„Sie leiden an einem angeborenen Hüftschaden, und Ihre Hände haben Sie sich operieren lassen wegen dieser Erkrankung. Ich weiß nicht mehr, wie sie heißt, ihr Name begann mit einem D."

Kein Wort kam von ihr. Er lauschte, hörte ihren Atem. Ihm wurde zunehmend unbehaglich. Er wusste nicht, woran er bei ihr war, würde jetzt ebenfalls nichts mehr sagen. Minutenlang schwieg er, dann verlor er die Geduld.

„Ich habe das Gefühl, dass Sie gar nicht da sind ..."

Sie blieb jedoch weiterhin stumm. Was sollte das nur? Oder war ihr etwas zugestoßen, ein Schlaganfall? Es drängte ihn, sich umzudrehen nach ihr, sich zu vergewissern. Die Menschen, die ihm am meisten bedeutet hatten, waren alle unerwartet verschwunden aus seinem Leben.

„Meine Mutter, Bergasser, Cecilia ... ich habe sie alle verloren. Sie ..."

Da räusperte sich Zumbrich, sie war allem Anschein nach noch wohlauf. Nur als er über ihre Behinderung gesprochen hatte, war sie einmal kurz darauf eingegangen. Was jedoch mit ihm geschah, schien sie überhaupt nicht zu interessieren. Federer kochte auf einmal innerlich. Diese alte Schachtel auf ihren Krücken, sie war ohne jedes Mitgefühl. Wie aufgehoben er sich bei Bergasser gefühlt hatte. Sie hingegen saß nur ihre Zeit ab und kassierte sein Geld, um sich dann wieder ihre Finger oder was auch sonst noch operieren zu lassen. Kalt und eitel war sie.

„Sie, Sie ..."

Er kannte sie kaum, und doch hasste er sie auf einmal. Jemand wie sie war zu allem fähig.

„Sicher hat jemand wie Sie Bergasser umgebracht, womöglich waren Sie es sogar selbst. Und jetzt horchen Sie mich hier aus, oder Sie versuchen, mich fertig zu machen, oder was weiß ich sonst noch!"

Er warf es ihr an den Kopf, brüllte fast, und endlich kam eine Rückmeldung von ihr:

„Ich soll also für Sie die Mama sein, die den Papa umbringt, damit Sie mit ihr schlafen können. Unsere Stunde ist für heute zu Ende. Wir sehen uns dann morgen wieder."

In ihren Worten lag eine Bestimmtheit, die keinen Widerspruch duldete, und so befolgte er ihre Anweisung und verließ den Raum mit einem nur flüchtig gemurmelten Abschied, versuchte, seine Wut herunterzuschlucken, aber es wollte ihm nicht gelingen. „Die ist doch nicht ganz bei Trost", fluchte er in Gedanken. So wie sie sich verhielt, würde er am Ende noch seinen Verstand verlieren. Er stellte sich zu sehr ein auf sein Gegenüber, das war immer wieder sein Problem. Auch das ärgerte ihn.

Im Vorbeigehen sah er auf einem Tisch im Flur diverses Informationsmaterial liegen, darunter auch eine kleine Broschüre zu Veranstaltungen der Wiener Gesellschaft für Psychoanalyse. Für den heutigen Nachmittag stand ein Vortrag aus der Vorlesungsreihe „Recht und Psychoanalyse" im Justizministerium auf dem Programm. Das wäre eine Gelegenheit, sich unauffällig einen Eindruck von den Kollegen Bergassers zu verschaffen, fand er und nahm das Heft kurz entschlossen mit. Im Stiegenhaus blätterte er weiter darin und wäre beinahe mit einer jungen Frau zusammengestoßen, die ihm entgegenkam. Sie war ganz in Schwarz gekleidet mit kurzem, ebenfalls schwarzem Haar. Mehr fiel ihm nicht auf an ihr, da sie sich von ihm abwandte. Das fand er zwar eigenartig, aber er war ganz in die Broschüre vertieft. Bergasser hätte am Freitagabend seinen Bericht als Leiter des Archivs der Wiener Gesellschaft für Psychoanalyse geben sollen. Federer war betroffen. Es stimmte, er kannte Bergasser nur aus den bei ihm verbrachten Stunden, wusste nichts über dessen Interessen und über den Menschen hinter dem Analytiker. Ihn musste er kennen lernen, um an den Mörder herankommen zu können.

Er beeilte sich, Marilyn zu holen, und war schon auf dem Weg zum Deutschmeisterplatz. Wieder stieß er im Dezernat zuerst auf Schröger und fand, dass ihm Fräulein Ziegler abging. Die eigenwillige Sekretärin von Stankovic war immer zur selben Zeit verreist wie ihr Chef, da sie ihm während seiner Anwesenheit uneingeschränkt zur Verfügung stehen sollte. Nahmen die beiden wirklich nur deshalb gleichzeitig Urlaub, oder gab es andere Gründe dafür? Federer war das egal. Er erstattete Anzeige gegen unbekannt wegen des Anschlags auf ihn in der vorangegangenen Nacht und veranlasste eine Fahndungsmeldung. Ob der Brandanschlag in einem Zusammenhang stand mit dem Mordfall, schließlich war er direkt bei Bergassers Ordination erfolgt? Federer grübelte und überlegte auch, ob ihm der Mann in Rot nicht doch bekannt sein mochte. Jedenfalls musste er ihn finden, würde ihn von nun an für sich den „Roten" nennen. Er ging kurz zu Berndorfer, um ihr den Vorfall zu melden. Dann kochte er sich noch einen Kaffee und saß bereits wenig später mit einer dampfenden Tasse im Besprechungsraum.

Freiwillig und interessiert kam er heute pünktlich zur Dezernatssitzung. Sonst entsprang seine Pünktlichkeit nur der Rücksicht auf die cholerische Natur seines Vorgesetzten, der er sich, mehr noch als die anderen Kollegen, nur widerwillig beugte. Stankovic stammte nicht aus Wien, das mochte eine Erklärung sein für seine Intoleranz, was Verspätungen betraf. In Wien vermied man das Absolute, hatte nur schlechte Erfahrungen damit gemacht. Schmunzelnd saß Federer bei diesem Gedanken hinter seiner Kaffeetasse, als Berndorfer hereinkam.

„Grüß Gott. Na, Ihnen scheint es ja bereits wieder besser zu gehen. Das freut mich."

Wie ertappt hätte Federer fast seinen Kaffee verschüttet, meinte aus ihrer Freundlichkeit einen versteckten Vorwurf herauszuhören, so, als müsse es ihm von nun an permanent schlecht gehen. Oder zeigte sie sich immer noch mitfühlend und wollte sie im Gegenzug dafür von ihm für ihre Ermittlungen gelobt werden? Sonst war Stankovic dafür zuständig, aber der würde erst morgen zurück sein.

„Grüß Gott. Ja, danke der Nachfrage, im Moment geht es wirklich. Ich weiß eigentlich auch nicht, warum."

Er wollte nicht ehrlich sein, aber er war es, war noch zu wütend auf diese vollkommen unsensible, starrköpfige Ersatzanalytikerin, und die Wut war geradezu angenehm, lenkte ihn ab von dem, was er tief in seinem Inneren spürte und nicht wahrhaben wollte.

Berndorfer eröffnete die Sitzung: „Seit gestern ermitteln wir in einem neuen Mordfall. Ein Psychoanalytiker, genauer gesagt der Psychoanalytiker unseres Kollegen Federer ..."

Wie sie ihm dabei zunickte, ärgerte ihn. Außerdem wussten es alle Anwesenden schon, schließlich waren nur noch Schröger und Doktor Fleischhacker, der introvertierte, an seinen Rollstuhl gefesselte Pathologe, zugegen.

„... namens Doktor Paul Bergasser, wurde am gestrigen Morgen in seiner Ordination erwürgt in seinem Arbeitssessel sitzend aufgefunden. Zeitpunkt und Umstände des Todes werden uns gleich Sie, Herr Doktor Fleischhacker, erläutern. Außerdem wurde in der letzten Nacht auf den Kollegen Federer ein Brandanschlag mit Benzin verübt, ohne dass hierfür ein Hintergrund bekannt wäre. Doch zurück zu dem Mord, bisher haben wir bedauerlicherweise keine konkreten Verdachtsmomente, wobei unsere Arbeit zusätzlich erschwert wird durch eine nur sehr eingeschränkte Kooperation seitens der Wiener Gesellschaft für Psychoanalyse, deren Mitglied das Opfer war. Ich habe mit der Präsidentin, einer Frau Doktor Elvira Quendel-Ehrenpreis, gesprochen, die sich strikt weigert, uns Unterlagen zu Bergassers Patienten zukommen zu lassen. Aufgrund des Psychotherapiegesetzes unterlägen diese, anders als bei Ärzten, selbst in einem Mordfall einer absoluten Verschwiegenheit. Nur im Falle einer akuten Morddrohung sei ausnahmsweise, zum Schutz von Leben ein Bruch der Schweigepflicht legitimiert. Bergasser sei tragischerweise jedoch bereits tot und so bestehe kein Handlungsbedarf. Alle Patientenakten seien bereits umgehend nach Bekanntwerden der Tat, noch während der Ermittlungen am Tatort, per Gerichtsbeschluss eingezogen und vernichtet worden. Nur eine Namensliste der von Bergasser behandelten Patienten sei in der analytischen Gesellschaft verblieben und werde dort unter strengem Verschluss aufbewahrt."

Berndorfer war empört. Man behinderte ihre Arbeit, das ging zu weit. Bergassers Aufzeichnungen waren vernichtet worden. Federer war erleichtert, was die Neugier der Kollegen auf seine Akte anging, doch die Lösung des Falles wurde dadurch fraglos erschwert. Hatte es da nicht jemand sehr eilig gehabt, auffallend eilig?

„... Sollte der Täter unter den Patienten des Opfers zu finden sein – und die meisten davon waren ja Verrückte – ..."

Nickte sie ihm jetzt wieder zu?

„... stehen unsere Chancen schlecht. Im Augenblick konzentrieren sich unsere Ermittlungen notgedrungen auf den Kreis der anderen Analytiker, denn der Ermordete hinterlässt keine Familienangehörigen. Er soll ganz für seine Arbeit gelebt haben, das zumindest habe ich von der Frau Präsidentin erfahren können.

Die Spurensicherung in der Ordination hat leider nichts Verwertbares ergeben, es fanden sich ein Terminkalender, der aber ohne Eintrag für vorgestern Abend ist, und ein Anrufbeantworter, der abgeschaltet war, sonst nichts. Fingerabdrücke, Haare, Kleidungsspuren, Schuhabdrücke und so weiter sind vorerst für uns unbrauchbar, da diverse uns bislang unbekannte Personen in den Räumen der Ordination ein- und ausgegangen sein müssen. Und schließlich ist auch den Nachbarn des Opfers in der fraglichen Nacht nichts Ungewöhnliches aufgefallen. Das ist im Moment alles. Ich denke, Herr Doktor Fleischhacker, Sie sollten uns jetzt Ihre Befunde vortragen."

Zufrieden mit ihrer präzisen und umfassenden Ausführung lehnte Berndorfer sich zurück, und der Pathologe rollte in seinem Rollstuhl näher an den Tisch heran, durchblätterte seine Papiere, blickte gewichtig über den Rand seiner Halbbrille in die Runde und setzte dann in der ihm eigenen nuschelnden Sprechweise zu seinem Vortrag an.

„Meine Obduktion hat ergeben, dass der Tod durch händisches Erwürgen mit Kehlkopfimpressionsfraktur zwischen null und zwei Uhr morgens eingetreten sein dürfte. Es fanden sich keine Spuren eines Abwehrkampfes, offenbar hat der Mörder das Opfer von hinten überrascht. Ich habe an den Druckstellen Oberflächenproben der Haut entnommen, um nach Hornzellen des Täters, quasi seinem genetischen Fingerabdruck, suchen zu lassen.

Zwar stehen einige chemische Laboranalysen noch aus, aber ich erwarte keine außergewöhnlichen Überraschungen, da die Sachlage eindeutig ist. Der Obduktionsbefund war im Übrigen unauffällig, abgesehen von den üblichen Altersschäden, leicht- bis mittelgradige Arteriosklerose, diskrete Fettleber und so weiter. Wir haben den Leichnam jetzt zur Beisetzung freigegeben."

Federer bemühte sich, diese abstrakte Beschreibung eines Studienobjekts der Pathologie von seinem eigenen Bild des Analytikers fernzuhalten. Er würde sich die aufgeschnittenen Reste Bergassers nicht ansehen.

Nachdem Fleischhacker geendet hatte, beauftragte Berndorfer Federer, sich nochmals am Tatort umzusehen, mit dem Hinweis, er kenne sich dort ja bestens aus, und kündigte außerdem an, sie selbst werde sich im Kollegenkreis des Analytikers umhören. Damit war die Sitzung aufgehoben.

Federer fühlte sich matt. Es kostete ihn Kraft, das Bild des erwürgten Analytikers aus seinem Bewusstsein zu verdrängen. Er schritt langsam den Gang entlang zu seinem Arbeitszimmer, als Schröger ihn von hinten einholte.

„Das ist ja was, Federer, dass Sie auch so ein Verrückter sind. Das habe ich ja gar nicht gewusst."

Sollte er auf diese Impertinenz antworten? Oder sollte er ihm den Schädel einschlagen? Federer war erschrocken über den Hass, den er in dem Moment auf seinen lebenslänglich zur Dummheit verdammten Kollegen verspürte. Kaum hörbar sagte er dann:

„Lassen Sie mich ganz einfach nur in Ruhe."

Schröger gehorchte und verschwand in der Amtsstube, aber er triumphierte lachend über den wunden Punkt, den er bei Federer gefunden hatte.

11

Der seinerseits kam zu der Einschätzung, dass er einen Idioten und eine Ehrgeizbesessene als Kollegen hatte, die ihn beide nervten. Vermisste er jetzt etwa seinen Vorgesetzten?

Er forderte einen Streifenwagen an und ließ sich von einem Beamten in die Ballgasse fahren, war froh, nicht alleine zu sein, als sie im Stiegenhaus Bergassers ankamen, selbst wenn er mit dem Kollegen kein Wort gewechselt hatte.

Das Siegel an der Eingangstüre wurde aufgebrochen, und Federer bat seinen Begleiter, dort auf ihn zu warten. Er trat ein in den vor Grünpflanzen überquellenden Flur. Obgleich er sonst immer recht eilig durch diesen schmalen Gang in das Ordinationszimmer gelangt war, war ihm auch hier jedes Detail vertraut. Er ließ sich Zeit, setzte Marilyn, die er die Fahrt über auf dem Arm gehalten hatte, auf den Boden, gab sich allerdings nicht der Hoffnung hin, sie könne etwas entdecken. Die Polizeiarbeit entsprach nicht ihrem Naturell.

Dann zog er sich ein Paar Handschuhe über und durchstöberte zuerst den Arbeits- und dann den Wohnbereich von Bergassers Zuhause. Die Kollegen von der Spurensicherung waren gründlich, aber behutsam vorgegangen. Alles schien an seinem Platz, als warte es nur auf die Rückkehr des Analytikers, sein schwerer Schreibtisch, die von Kissen übersäte Couch, die Sessel. In den Bücherregalen an den Wänden fand sich ausschließlich Literatur zu psychoanalytischen und zu Österreich betreffenden historischen Themen. Federer nahm eines der von Bergasser selbst veröffentlichten Büchern heraus. Es handelte von Freuds Sommerfrischen im Raxgebiet. Für Federer interessant war die kurze Biografie Bergassers auf der Umschlaginnenseite: „Paul Bergasser wurde 1930 in Wien geboren. In den Wirren der Nazizeit verlor er seine gesamte Familie und landete nach mehreren Zwischenstationen zuletzt bei entfernten Verwandten in Chile. Dort studierte er Medizin und schloss nach der Promotion seine Ausbildung zum Psychiater an, bevor er nach Wien zurückkehrte, um dort Psychoanalytiker zu werden. Er verfasste zahlreiche Bücher, vorwiegend zu historischen Themen der Psychoanalyse, und wurde vielfach für seine besonderen Leistungen auf diesem Gebiet geehrt." Wie kurz und prosaisch sich ein ganzes Leben zusammenfassen ließ, dachte Federer und stellte das Buch an seinen Platz im Regal zurück.

Der Schreibtisch und ein verschließbarer Aktenschrank waren leer geräumt, da alle Unterlagen entweder auf das Dezernat oder in die analytische Gesellschaft gebracht, beziehungsweise vernichtet worden waren. Federer fand nicht die geringste Spur.

Er seufzte. Sein Blick blieb an der Couch hängen, und er spürte einen schwermütigen Sog, legte sich ein letztes Mal auf sie, schloss kurz die Augen, ließ seine Finger über den derben Stoff gleiten. Da hörte er Marilyn aus einem Nebenraum winseln. Er erhob sich und ging zu ihr.

Sie war in der Küche und schnupperte aufgeregt in einer Ecke hinter einem der verblichenen weißen Küchenschränke, ein Mauseloch hatte ihre Neugier geweckt. Bergasser schien die Maus mit Brotresten auf einer kleinen Untertasse, die am Boden stand, gefüttert zu haben.

Federer kam es vor, als breche er ein Tabu, als er begann, die privaten Räume seines Analytikers zu inspizieren. Alles wirkte abgewohnt, war viele Jahre lang nicht renoviert worden, aber dennoch gepflegt. Das Bett war gemacht, die Kleidung in den Schränken sorgsam geordnet und gebügelt, das Bad sauber bis ins Detail. Hatte Bergasser eine Haushaltshilfe gehabt, oder war er selbst so ordentlich gewesen? Wenn es eine Bedienerin gab, dann gab es sicher auch einen zweiten Schlüssel. Doch Berndorfer hatte nichts dergleichen berichtet. An diesem Ort gab es zumindest vorläufig nichts mehr zu entdecken für ihn, entschied Federer, schnappte sich den Hund und ging zu seinem immer noch wartenden Kollegen, der auf seine Weisung hin die Außentür zusperrte und erneut versiegelte.

Nach kurzer Fahrt saß Federer wieder an seinem Schreibtisch, kam sich dort verloren vor. Was tat er da eigentlich? Draußen feierte der Frühling in farbenfroher Pracht das Leben, und hier in seiner grauen Kammer konfrontierte ihn der Tod.

Marilyn schaute zu ihm auf, als lese sie seine Gedanken. Er blickte auf seine Taschenuhr, ihm blieben noch zwei Stunden bis zu dem Vortrag, genug Zeit für eine Mittagspause. Gerade stob Berndorfer vor seinem Fenster mit einem Einsatzkommando davon, und Federer fand sich darin bestätigt, dass er, statt es seiner Kollegin gleichzutun, die nächste Stunde im Grünen verbringen würde, nicht nur seinem Hund zuliebe.

Er spazierte den Ring entlang in den Burggarten, legte sich dort der Länge nach ins Gras, flach auf den Rücken, und wünschte sich, ganz nackt zu sein, eins mit der Natur. Er schloss die Augen, hörte, wie ein Specht klopfte und dann mit seinem eigentümlichen Lachen davonflog. Wie kam es nur, dass Spechte nicht unter höllischen Kopfschmerzen litten? Wahrscheinlich war ihr Kopf hohl, so wie bei Schröger. Federer blickte hinauf. Über ihm waren nur die Äste einer alten Zeder und der Himmel, in dessen strahlendem, fast ein wenig zu hellem Blau Mauersegler ihre Kreise zogen. Mit ihrer Ankunft begann endgültig der Sommer.

Er musste wieder an Cecilia denken, sehnte sich nach ihr. Doch machte er sich nicht etwas vor? Sie hatte ihr eigenes Leben, bestand darauf, brauchte die Distanz als Schutz vor ihrem Schmerz über den Verlust ihres Mannes und ihres kleinen Sohnes. Und doch war es gerade diese traurige Sehnsucht, die sie beide verband, die ihre Liebe so bedingungslos machte in den Augenblicken, in denen sie einander alles gaben. Würde die Intensität ihrer Gefühle nicht unweigerlich zerstört, wenn sie einen Alltag miteinander teilen müssten?

Marilyn lag neben ihm. Ihr Leben schien so einfach. Ihm war, als lächelte sie, ja, sie war ein Hund, der lächeln konnte.

12

Federer brachte sie heim und musste sich beeilen, um rechtzeitig zu dem Vortrag zu kommen. Das Justizministerium war untergebracht in einem strahlend weißen Barockpalais, das nach dem Aussterben der Familie Trautson während der Kaiserzeit Sitz der ungarischen Leibgarde gewesen war und jetzt würdig seiner republikanischen Rolle gerecht wurde. Dass man sich dort inzwischen auch für Psychoanalyse interessierte, war eine neue, aber der Geschichte der Stadt angemessene Entwicklung. Sogar Polizeibeamte absolvierten inzwischen Kurse psychotherapeutischer Einrichtungen, um den Anforderungen ihres Berufes besser gerecht werden zu können. Wien war zu einer Stadt auf der Couch geworden. Erst nach dem Tod wurde man in Wien berühmt, warum sollte es Sigmund Freud anders ergangen sein? Ob ihn das zu seiner Theorie vom Todestrieb geführt hatte?

Trotz des sommerlichen Wetters herrschte am Eingang des Palais reges Treiben. Federer schloss sich dem Strom der Besucher an, durchquerte das prachtvolle Stiegenhaus und nahm Platz auf einem der Stühle im Festsaal. Er schaute sich um. Der elegant in weiß und hellgrau gehaltene Saal füllte sich nach und nach. Ob der Mörder Bergassers auch unter den Anwesenden sein würde? Der Gedanke machte ihn neugierig.

Das Gemurmel der Gäste wurde lauter, brach sich an den Wänden, war allgegenwärtig. Dann wurde ein Vertreter des Ministeriums mit höflichem Applaus begrüßt, und er begann mit seiner Ansprache. Seine Worte klangen zwar lautstark, doch waren sie größtenteils unverständlich, weil jede Silbe zeitlich versetzt von den Wänden ab- und zum Redner zurückprallte. Trotzdem für alle erkennbar, verlieh er dem Gastredner des heutigen Tages einen Preis für irgendwelche Leistungen. Natürlich reichte eine solche Auszeichnung niemals an eine posthume Würdigung heran, dennoch wirkte der soeben Geehrte zufrieden. Professor Greenstone stammte aus Wien, war in jungen Jahren unfreiwillig in die Vereinigten Staaten ausgewandert und dort vor allem durch seine Populationsmassenstudie „Gewaltvermeidung durch Masturbation" zu einem Psychoanalytiker von Weltformat aufgestiegen. So oder so ähnlich war der Inhalt der Laudatio, in der außerdem noch bedeutende Veröffentlichungen des Professors zu den Themen Sexualität, Ödipuskomplex und Aggressionsabfuhr gewürdigt wurden. Greenstone dankte, wollte mit seinem Vortrag beginnen, doch er wurde unterbrochen.

Die Präsidentin der Wiener Gesellschaft für Psychoanalyse bat die Zuhörer um eine Gedenkminute für das unter mysteriösen Umständen ums Leben gekommene langjährige Mitglied Paul Bergasser. Die Beerdigungsfeier sei für den kommenden Morgen, zehn Uhr, in der Grinzinger Pfarrkirche angesetzt worden. Alle im Saal standen auf und schwiegen.

Endlich war Professor Greenstone an der Reihe, doch jetzt, wo es darauf ankam, störte die schlechte Akustik des Festsaals umso mehr. Greenstone war ein geübter Redner, spürte und verstand den Unmut im Auditorium, und er war sich der Bedeutung seiner Worte bewusst, deren Inhalt sich, anders als bei seinen Vorrednern, nicht einfach aus dem Zusammenhang erschließen ließ. Er versuchte langsam zu sprechen, ohne Erfolg, dann leise, so leise, dass es keinen Widerhall mehr geben konnte, doch er blieb unverständlich. Ob mit oder ohne Mikrophon, das Ergebnis blieb verheerend. Jedes Wort wurde von dem vorangegangenen gebrochen und löste sich selbst durch den Rückhall von den Wänden in seine Bestandteile auf. „Sehr verehrte Damen, sehr geehrte Herren!" wurde zu: „Sehr versehrehrtever Erdamener sehrmen geehrvertemen Herrgementeren!" Zuletzt hielt er seinen Vortrag ganz betont und langsam sprechend ohne Lautsprechanlage, wobei die Zuhörer sich ganz eng um ihn herum gruppieren mussten wie eine Jüngerschar um ihren Heilsbringer. Der größte Teil des Saales war nun leer, und auf dem kleinen Raum um das Rednerpult herum entstand durch die Nähe der zahlreichen Leiber eine kaum noch zu ertragende schwüle Hitze. Doch die Worte des Meisters waren zu verstehen. Das Thema seines Vortrags lautete: „Eros und Mord".

Federer fand das geschmacklos.

Jede Regung des Lebens sei durchsetzt mit Sexualität, das habe Freud eingehend beschrieben, und nichts, rein gar nichts, habe sich daran bis heute geändert. Die Grenzen, auf die das ungezügelte Ausleben der sexuellen Triebe konstant stoße, führten zu einer endlosen Kette mehr oder weniger schwerer Frustrationen. Gelinge es nicht, diese durch Sublimierungen oder andere Ersatzhandlungen aufzufangen, so sei ein Aggressionsstau unausweichlich. Es gebe keinen Mord ohne Sexualität, ebenso wie es ohne Sexualität auch kein Leben gebe. Trotz aller kultureller Errungenschaften sei der Mensch ein Triebtier geblieben, alles Erlernte modifiziere sein Verhalten nur, aber seine Biologie sei unabänderlich. Ödipus musste, um mit seiner Mutter zu schlafen, seinen Vater umbringen. Der aufgestaute Eros entlud sich in der Mordhandlung. Erst dadurch konnte sich der sexuelle Drang des jungen Helden ungehindert entfalten.

Federer schwankte zwischen Zustimmung und Verwunderung angesichts dieser Vorstellung von der menschlichen Natur. Die Macht des Fleisches war ihm nur zu vertraut, und doch war er überrascht, wenn er sich hier umsah und der Zustimmung der Anwesenden entnehmen konnte, dass es ihnen ebenso gehen musste. Waren sie alle, so wie sie hier saßen, mit nichts anderem beschäftigt als mit ihren sie mächtiger als alles sonst beherrschenden Trieben? Federer ertappte sich dabei, wie sein Blick zu den Hosenschlitzen der neben ihm Sitzenden wanderte. Und stand nicht allen der Schweiß auf der Stirn, ging ihr Atem nicht schwerer als der Situation angemessen?

Greenstone beendete seinen Vortrag mit einem Plädoyer für das ungehemmte Befriedigen erotischer Neigungen, um hierdurch zu einem entspannteren Umgang der Menschen untereinander zu gelangen und so aggressiven Handlungen den Nährboden zu entziehen. Praktische Ansatzpunkte hierfür gebe es zur Genüge, etwa bei der Umgestaltung von Gefängnissen, die diesem Umstand unbedingt Sorge tragen müssten, wolle man Resozialisierung ernsthaft betreiben.

Richtiggehend enthemmt entlud sich die aufgestaute Anspannung im Saal nach seinen Schlussworten in einem zügellosen Applaus. Nur ein kleiner Teil der Zuhörer äußerte eher verhalten

Begeisterung. Federer tat es ihnen gleich, zu sehr rätselte er noch nach über die Tragweite des Gesagten. War wirklich das die Quintessenz allen menschlichen Verhaltens?

Nach den Dankesworten der Präsidentin begann die offene Diskussion. Doktor Zumbrich erhob sich als Erste. Anders als zum Gehen benötigte sie zum Stehen keine Krücken, was ihre autoritäre, nahezu majestätische Aura unterstrich. Auch sie beglückwünschte Greenstone. In ergreifender Weise habe er die Bedeutung von Freuds Forschungsergebnissen vor allem zur ödipalen Entwicklung herausgestellt. Leider werde dieser Aspekt, den sie zusammen mit der Traumdeutung als den Kern aller Freud'schen Entdeckungen betrachte, heutzutage kaum noch angemessen gewürdigt. Offenbar sei die Abwehr gegen das sexuelle Tier im Menschen immer noch stärker, als alle zivilatorischen Leistungen suggerierten.

Es dauerte noch eine Weile, bis sie nach weiteren ergänzenden Ausführungen schließlich zu ihrer Frage vordrang, die letztlich auch nur auf eine Bestätigung ihrer eigenen Meinung abzielte. Federer war überrascht, wie viel sie reden konnte.

„Wenn wir von einem Modell des psychischen Apparates ausgehen, wie Sie es uns so eindrucksvoll geschildert haben, was bedeutet das dann für unsere therapeutische Arbeit? Heißt das nicht, dass die Aufgabe der Analyse darin bestehen muss, die aus der sexuellen Frustration heraus verdrängte Aggression in der Therapie freizusetzen? Müssen wir sie nicht regelrecht aus unseren Analysanden herauslocken?"

„Liebe Frau Kollegin, das sehen Sie ganz richtig. Dieses endlose Gerede davon, dass es in der Therapie darum gehen müsse, eine liebevolle Beziehung nachzuerleben, quasi die Wunden der Vergangenheit zu schließen und ausheilen zu lassen, ist bloßer Humbug. Entschuldigen Sie meine grobe Wortwahl, aber das muss ich hier an dieser Stelle einmal so deutlich sagen. Freud selbst hat das glasklar formuliert: *Und solange auch das Kind an der Mutterbrust genährt wurde, es wird immer nach der Entwöhnung die Überzeugung mit sich nehmen, es sei zu kurz und zu wenig gewesen.* Warum will das heute keiner mehr wahrhaben? Na, gerade weil es allen so ergangen ist und weil diese gemeinsame Erfahrung in seltener Einmütigkeit verdrängt wird. Die Frustration verfolgt uns das ganze Leben hindurch, von der Mutterbrust zum Ödipus und bis ans Sterbebett, das muss der Analysand lernen, alles andere ist Augenauswischerei."

Wieder erntete Greenstone begeisterte Zustimmung, doch bei einigen Anwesenden regte sich unterschwelliger Protest. Ein leicht zerbrechlich wirkender älterer Herr bat ums Wort.

„Ich stimme Ihnen zu, dass Frustrationen eine wesentliche Rolle in der psychischen Reifung zukommt, dass sie eine entscheidende Motivation für die Weiterentwicklung darstellen. Aber bedeutet das wirklich, dass die Aufgabe des Analytikers darin bestehen muss, sie in der Analyse künstlich herzustellen, ja zu forcieren? Hält nicht das Leben Tag für Tag genügend frustrierende Erlebnisse für unsere Analysanden bereit, so dass es vielmehr unsere Aufgabe sein müsste, in einer liebevollen Beziehung einen starken Boden für die zuerst gemeinsame und später eigenständige Bewältigung dieser Frustrationen zu schaffen? Sollten wir ihnen nicht in den Stunden Halt geben und sie dadurch stark genug machen, ihre Prüfungen draußen zu bestehen?"

Mit der Klarheit seiner Worte hatte auch die Körperhaltung des Fragestellers an Kraft gewonnen, und er wurde zusätzlich bestärkt durch ein zwar zaghaftes, aber doch bestimmtes Klatschen einiger Zuhörer.

„Mein lieber Kollege, ..."

Die Worte Greenstones klangen eisig und kompromisslos, duldeten keine Widerrede.

„ ... wenn Sie so arbeiten wollen, dann tun Sie vielleicht sich selbst etwas Gutes damit, dann schaffen Sie in der Therapie eine, sagen wir, angenehme Atmosphäre. Natürlich ist das schön, aber es bringt nichts. Sie streuen sich selbst und ihrem Analysanden Sand in die Augen, suggerieren ihm, die Welt sei ja gar nicht so frustrierend, wenn man nur genügend an die gute Mama und an den guten Papa glaube. Mein lieber Kollege, ehrlich gesagt habe ich den Eindruck, dass Sie mit Ihrer Theorie besser im Beichtstuhl einer katholischen Kirche als im Sessel eines Analytikers aufgehoben wären."

Ein dumpfes Raunen ging durch den Saal. Irgendwo läutete ein Handy. Das Hochwogen der gegensätzlichen Meinungen wurde heftiger und drohte außer Kontrolle zu geraten, doch da bat die Präsidentin sichtlich erregt um Gehör. Etwas Ungeheuerliches sei geschehen. Die Polizei habe die Räume der analytischen Gesellschaft durchsucht, um an die Liste mit den Namen von Bergassers Patienten zu gelangen. Selbstverständlich seien alle Mitglieder der Wiener Gesellschaft für Psychoanalyse zutiefst betroffen über diesen grausamen Mord, aber den Daten von Patienten gebühre vollkommener Schutz. Das Vorgehen der Polizei sei unangemeldet erfolgt und habe – es sei wirklich unfassbar - dazu geführt, dass ein Patient zu Schaden gekommen sei. Als die Beamten in die der Gesellschaft angeschlossene Ambulanz eingedrungen seien, sei er in Panik geraten und aus dem Fenster gesprungen. Er liege schwer verletzt im Spital.

„Berndorfer", schoss es Federer durch den Kopf. Das konnte nur sie gewesen sein, als sie vorhin mit dem Einsatzkommando davongeeilt war. Sie musste irgendwie eine Freigabe der Unterlagen bei Gericht erwirkt haben, oder hatte sie sich womöglich einfach über den Gerichtsbeschluss hinweggesetzt? Zum Glück kannte ihn hier niemand außer Doktor Zumbrich, und sie unterlag selbst der Schweigepflicht und hatte ihn außerdem noch gar nicht bemerkt. Er blickte hinüber zu ihr. Sie saß neben einem nicht besonders großen, elegant gekleideten weißhaarigen Herrn und ließ ihrer Empörung freien Lauf so wie alle anderen im Saal. Erst nach einigen Minuten gelang es der Präsidentin, die Stimmung wieder zu beruhigen, indem sie bekannt gab, sie werde noch heute eine offizielle und harsche Protestnote an den Bürgermeister richten und umgehend an die Presse weiterleiten.

Federer malte sich bereits die morgige Rückkehr seines Vorgesetzten aus, der immer wieder besonders herausgestrichen hatte, dass er ein alter und enger Freund des Bürgermeisters sei. Seine Urlaubsstimmung wäre sofort dahin und Berndorfer sein Sündenbock. Und dann hätte er auch noch die Presse, seinen Intimfeind, am Hals.

Die Entrüstung im Saal legte sich endgültig, als die Präsidentin, im Anschluss an einen nochmaligen Dank für den gelungenen Vortrag, das Büfett eröffnete. Es sei freundlicherweise von einer Firma für Kindernahrung bereitgestellt worden – mit der Pharmaindustrie hadere man ja immer noch.

Federer mischte sich unter die am Büfett Naschenden. Es gab kleine Schnullerfläschchen mit einem weißlichen Getränk und zum Essen Wiener Würstchen und Spargelsandwiches. Irgendwie hatte er Probleme damit, seinem Fläschchen einige Tropfen der undefinierbaren Flüssigkeit zu entlocken, was er sich damit erklärte, dass er aus der Übung sei. Da trat eine adrette Mittvierzigerin auf ihn zu.

„Sind Sie von der juristischen oder von der analytischen Seite?"

„Eigentlich weder noch, ich bin Patient."

Seinen Beruf mochte er unter den gegebenen Bedingungen lieber nicht verraten.

„Und wie hat es Ihnen gefallen?"

„Der Vortrag war, ehrlich gesagt, ein wenig irritierend für mich. Jedes menschliche Verhalten soll nur auf Sex und Frust basieren? Was den Sex angeht – ich bin sicher nicht abgeneigt –, aber mir scheint das doch zu eng gesehen."

„Ich verstehe, was Sie meinen. Das mit dem Ödipus kann man wirklich nicht einfach so stehen lassen, es kommt dann einiges zu kurz, und davon halte ich nicht viel."

Meinte sie das so zweideutig, wie er sie verstand?

Sein Fläschchen war nun doch leer, was sie aufmerksam registrierte.

„Ich besorge Ihnen ein neues. Kann ich Ihnen auch noch eines von den kleinen Würstchen mitbringen? Sie sind ausgezeichnet."

„Ja, gern."

Sie entschwand, doch war sie gleich wieder zurück. Während er erneut mit aller Mühe die Flüssigkeit durch seinen Schnuller zu quetschen versuchte, saugte sie sehr gekonnt und zielstrebig an dem ihren. Ihm wurde heiß.

„Es ist wirklich sehr warm heute."

„Ja, regelrecht schwül, eine so feuchte Hitze."

Ihre Plauderei wurde jedoch unterbrochen, als der ältere Herr, der vorhin neben Doktor Zumbrich gesessen hatte, sich ihnen näherte.

„Gundula, grüß dich."

„Victor, schön dich zu sehen, darf ich euch einander vorstellen? Professor Gaudinsky, einer der Wortführer unserer analytischen Gesellschaft und, wenn ich richtig informiert bin, der letzte *Freudenkel* in unserem Kreis. Und Sie, Sie haben mir ja noch gar nicht gesagt, mit wem ich das Vergnügen habe?"

„Federer, Georg Federer, Patient."

„Ich bin Gundula Holupczik."

Der Professor war deutlich geschmeichelt über die lobenden Worte, die seine jüngere Kollegin für ihn gefunden hatte.

„Sie übertreiben ein wenig, meine Liebe, aber das mit Freud stimmt. Mein Analytiker hat noch bei ihm selbst auf der Couch gelegen."

„Und seit kurzem leitet der Professor den Arbeitskreis für Shuttle Analyse, der die Wiedereinführung der Psychoanalyse in den ehemals sozialistischen Ländern des Ostblocks koordiniert."

Begeistert nahm Gaudinsky den dargebotenen Gesprächsfaden auf.

„Sie müssen sich vorstellen, dort gibt es niemanden mehr, der eine analytische Ausbildung anbieten könnte. Einige von uns sind jetzt für eine Zeit lang nach drüben gegangen, aber das verlangt schon sehr viel Idealismus. Man bekommt kaum Geld dafür und muss sein gesamtes soziales Umfeld hier zurücklassen. Wir haben daher einen Shuttle Service eingerichtet, bei dem einmal im Monat eine Gruppe junger Analysekandidaten zu einer Woche Kompaktanalyse nach Wien eingeflogen wird. Aber lasst uns doch zu Erna hinüber gehen."

Damit war Doktor Zumbrich gemeint.

„Schließen Sie sich uns doch an, junger Mann."

Ein Gespräch mit seiner Analytikerin, danach war Federer nicht zu Mute, selbst wenn er noch etwas über Bergasser in Erfahrung hätte bringen können. Er entschuldigte sich zum Bedauern Gundulas damit, dass er noch eine andere Verpflichtung habe, und blickte zur Bestätigung auf seine Uhr. Ihm war klar, dass sein wichtiger Termin darin bestehen würde, seinen Hund auf die Straße zu führen und allein mit ihm den Abend zu verbringen.

Draußen vor dem Palais sah er die junge Frau, die ihm am Morgen im Stiegenhaus bei Doktor Zumbrich entgegengekommen war. Sie stand dort, immer noch ganz in Schwarz, hatte ihm den Rücken zugewandt und rauchte eine Zigarette. Auch in der Früh hatte er sie nur von hinten gesehen, deshalb erkannte er sie jetzt wieder. Er überwand seine Hemmungen und trat an sie heran.

„Entschuldigen Sie, ich glaube, wir sind uns heute Morgen kurz begegnet."

Sie drehte sich um, und beide erschraken. Ungläubig sah er sie an. Sie war Vera oder eine Zwillingsschwester – aber nein, dann hätte sie sich ja nicht genauso erschrocken wie er.

„Du? Hier? So?"

Ja, sie war es wirklich, ihr Gesicht, ihre Figur, aber verändert, ganz in Schwarz, mit kurzen schwarzen Haaren – und doch, sie war es.

„Georg, was machst du denn hier?"

„Ich war bei dem Vortrag, aber du, du bist so anders, was ist los? Ich verstehe nicht ..."

13

„Lass es mich dir in Ruhe erklären. Ich verabschiede mich noch eben von einem Freund."

Sie entschwand in Richtung eines Schnauzbärtigen, der im Gesicht rot anlief, als sie auf ihn zutrat, und sprach kurz mit ihm. Erst als sie sich von ihm abwandte, erblasste er wieder. War der nicht bei der Vernissage gewesen und im Konzert, der neugierige Beobachter aus der Balkonloge? Aber ja, Federer erkannte ihn wieder, doch ihn interessierte das im Moment nicht weiter, da er immer noch die plötzliche Wandlung Veras nicht fassen konnte. Seit gestern schien nichts mehr unmöglich. Ein Gesundheitsschuhträger neben ihm fluchte in sein Handy: „Ich hatte Ihnen doch gesagt, verkaufen bei sechsundvierzig. Scheiße, jetzt kann ich meinen Urlaub an der Côte in den Wind schreiben."

Kaum dass Vera bei ihm war, bat sie ihn noch einmal um Entschuldigung, sie habe etwas vergessen. Wieder glühte das Gesicht des Bärtigen wie auf Befehl, als sie zu ihm kam, und gewann auch dieses Mal prompt seine normale Farbe zurück, sobald sie ihn verlassen hatte.

„Macht der das immer?"

„Was meinst du?"

„Das Erröten."

„Ach so, ja, er ist ein Blushing Neurotic."

„Ein was?"

„Er errötet, wenn er seine sexuellen Impulse unterdrücken muss." Sie lächelte ihn an. „Ich habe mein Auto dabei. Was hältst du davon, wenn wir das schöne Wetter nutzen und zu einem Heurigen fahren?"

„Das ist fein, können wir dann Marilyn mitnehmen?

„Deinen Hund? Na klar."

Sie gingen zu ihrem Wagen, stiegen ein, und sie machte ihn mit ihrem Fahrstil bekannt, der darin bestand, das alte, nicht mehr definierbare Modell übergangslos zwischen Vollgas und Vollbremsung durch die Straßen zu jagen. Auch nachdem sie den Hund geholt hatten, behielt sie diese Fahrweise bei. Ihr

Blick war starr auf die Straße geheftet, und wenn ein anderer Wagen sich ihr in den Weg stellte, überschüttete sie dessen Fahrer mit kreativen Wortschöpfungen. Doch sie kamen schnell voran und erreichten schon bald den so genannten „Heurigen im Grünen“, der, in einem alten Weingarten mit Blick auf die Stadt gelegen, seinem Namen bis ins letzte Detail gerecht wurde.

Federer holte tief Luft, versuchte so, seinen Kreislauf wieder ins Gleichgewicht zu bringen, und setzte Marilyn auf den Boden, die zitternd an seinen Fersen klebte. Sie setzten sich in eine Ecke am Rande des Gartens, wo sie von den übrigen Gästen abgeschirmt waren. Bei Vera schien die Fahrt keinerlei Spuren hinterlassen zu haben, ihr ging es prächtig.

„Ist es nicht wunderbar hier?“

Er sah sich um, empfand so etwas wie eine Übersättigung der Sinne, als sei ihm alles zu viel, zu allgegenwärtig grün. Doch schließlich konnte er ihr beipflichten.

„Es ist wirklich ein sehr schöner Platz hier, und er strahlt so einen wohltuenden Frieden aus.“

Auch Marilyn fand langsam ihre Lebensgeister wieder und begann zaghaft durch das Gras zu schleichen, doch sie kam nur bis zu den Schuhspitzen der korpulenten und kompromisslosen Heurigenwirtin, die darauf beharrte, dieser Hund gehöre an eine Leine. Kein Hund ohne Leine auf dem Grund ihres Heurigen, da gebe es keine Ausnahme, solange sie das Sagen habe, und das werde sie noch zumindest so lange wie die Eheleute Hawelka, die es in ihrem Kaffeehaus in der Dorotheergasse immerhin auf über sechzig Jahre gebracht hätten und noch keineswegs müde wirkten. Federers Einwand, dass der Hund dort in dem Café mehr Freiheiten habe, ließ sie nicht gelten.

Doch der Wein war gut. Vera und er sahen einander an, schwiegen eine Weile, tranken. Dann begann sie:

„Ich glaube, ich bin dir eine Erklärung schuldig.“

Sie machte eine Pause, blickte an ihm vorbei in die Ferne.

„Wie soll ich anfangen? ... Du, du hast nur einen Teil von mir kennen gelernt, bisher ... Ich musste immer funktionieren in der Rolle der braven Blonden, keine Widersprüche, kein Eigenleben.

Aber das war nicht ich selbst, doch wie soll ich dir das verständlich machen ...?"

Hilflos musste Federer dabei zusehen, wie sich sein Traumbild von Vera in Luft auflöste, aus Gründen, die er bislang nicht einmal erahnen konnte.

„Schau, ich bin ein zerbrochener Mensch, zerbrochen in zwei Teile ..."

Sie hatte auf einmal Tränen in den Augen. Ihm war unbehaglich zumute, und doch fesselte ihn ihr Leid.

„... Du hast heute meine andere Seite zu sehen bekommen. Früher habe ich in zwei Welten gelebt und beide voneinander getrennt gehalten, die eine hat von der anderen gar nichts gewusst. Ich mache jetzt seit vier Jahren Therapie, und meine beiden Ichs haben ein Stück weit zusammengefunden. Ich lebe sie immer noch beide aus, aber sie wissen jetzt voneinander, respektieren sich gegenseitig."

„Ja, aber wie ...?"

„Ich hatte es nicht einfach. Meine Mutter hat mich schon früh mit meinem Vater allein sitzen lassen. Sie ist in den Busch ausgewandert, und ich hatte nie wieder Kontakt zu ihr, sie ist einfach auf und davon. Mein Vater hat versucht, mir Liebe zu geben, aber ich habe einen Reiz auf ihn ausgeübt, na ja, du weißt schon ... So rutschte ich in diese Rolle hinein, immer brav, keine eigene Meinung, funktionieren, egal was er von mir verlangte. Irgendwann konnte ich nicht mehr. Mein Vater hat wieder geheiratet, und ich habe dann mit der Therapie begonnen. Das war meine Rettung. Doktor Zumbrich hat mich aus dem schwarzen Loch herausgeholt, in dem ich festsaß, bei ihr habe ich gelernt, mein wahres Selbst zuzulassen. So wie du mich jetzt siehst, bin ich wirklich ..."

Er schaute sie an. Die Lippen, diese von weichen Zügen gehaltenen, vollen, aber nicht aufdringlichen Lippen, sie erkannte er noch an ihr, aber alles andere war ihm fremd.

„... Ich nehme mein Leben jetzt selbst in die Hand, und ich habe mich dazu entschieden, Psychoanalytikerin zu werden. Es hat lange gedauert, aber ich bin viel von meinem Hass losgeworden. Gut, ich werde wohl nie eine normale Beziehung mit einem Mann eingehen können, aber ich bin zumindest so weit stabil, dass sie mich als Kandidatin in der analytischen Gesellschaft angenommen haben ..."

Federer wollte nicht glauben, was sie ihm da erzählte. Es schien zu verrückt, und doch erklärte es ihr Verhalten während des Konzerts und gestern Abend. Dass sie Zumbrich lobte, konnte er nur schwer nachvollziehen, und dass sie sich selbst zur Analytikerin ausbilden ließ, war eine geradezu abenteuerliche Vorstellung.

„Was hätte ich denn sagen sollen? Du, hör mal, ich bin nicht ich?"

Sie wich seinem Blick jetzt nicht mehr aus, und auf einmal empfand Federer tiefes Mitleid mit ihrer Zerrissenheit. Mitzuleiden war sein wunder Punkt, ein Relikt aus den Psychosen seiner Mutter. Die verführerische Vera, die ihm die Erfüllung all seiner Träume in Aussicht gestellt hatte, war nur Fiktion, eine künstliche Schablone gewesen, hinter der sich ihre wahre Persönlichkeit versteckt hatte. Doch auch zu ihr suchte er die Nähe – ihr Leid zog ihn an.

„Und wie meinst du das, dass du keine normale Beziehung mit einem Mann haben kannst?"

„Schau, ich habe von meinem Vater zwar gelernt, was ich tun muss, um ihn oder wen auch sonst glücklich zu machen, aber ich bin nie respektiert worden, wie ich war, konnte niemals wirklich vertrauen, und deshalb kann ich keine Nähe zu einem Mann zulassen."

„Aber, was du *glücklich machen* nennst, ist doch nur eine sehr oberflächliche Form des Glücks."

„Genau das meine ich ja. Ich kann auch noch das letzte Spermium aus dir herauskitzeln ..."

Im Stillen stimmte er ihr zu.

„... aber ich werde mich dir niemals nah fühlen. Beim Sex bin ich immer nur benutzt worden. Wenn Sex der Ausdruck des Lebenstriebes ist, dann brauche ich den Rückzug in den Tod. Wahrscheinlich kleide ich mich deshalb so gerne in Schwarz. Nur wenn ich mich dem Tod stellen kann, wenn ich seine Kraft und seinen ewigen Frieden spüre, dann lebe ich wirklich, dann bin ich ich selbst. Das ist mir in den Jahren bei Zumbrich klar geworden."

„Du kannst doch nicht den Tod zum Ziel deines Lebens machen."

„Warum denn nicht? Schopenhauer hat das auch getan, oder nimm die Kirche. Ich sagte dir schon, bei dem Ziel bin ich mir wenigstens sicher, dass ich es erreichen werde. Ich bin mein ganzes Leben lang betrogen worden, aber um den Tod wird mich keiner bringen."

„Und es gibt nichts, was dich von den schönen Dingen des Lebens überzeugen könnte?"

„Da hast du es. Ein Mann, und hat nichts als Sex im Kopf. Oh, wie ich das hasse ..."

„Ich will gar nicht bestreiten, dass ich daran denke, oft und gerne sogar, aber das ist doch nicht alles. Sex ist ein Weg, um Gefühle auszuleben in tiefer Verbundenheit mit einem anderen ..."

„Das ist doch alles verlogen. Sex ist nur ein Mittel, um eine Frau kleinzukriegen, um ihr die Luft zu nehmen für ihr eigenes Leben, um sie zu unterdrücken, jederzeit ... ich bin nur froh, dass ich meine Analyse nicht bei einem Mann mache."

Ihm lag auf der Zunge ihr zu widersprechen, aber er hielt sich zurück in weiser Voraussicht der zu erwartenden Konsequenzen.

„Du sprichst von Zumbrich? Ich bin erst seit gestern bei ihr. Bergasser war mein Analytiker."

„So bestürzt ich über das bin, was ihm zugestoßen ist, aber es ist sicher gut für dich, dass du jetzt zu einer Frau in die Analyse kommst. Außerdem war Bergasser ein Träumer."

„Wie meinst du das?"

„Er war ein Vertreter der so genannten Pragmatiker in der WGP. Diese Gruppe hat sich abgewandt von Freuds Kernthese, dass der Ödipuskonflikt die Wurzel jeder Neurose ist. Ihre Anhänger vertreten die Auffassung, dass es in der Analyse nur darauf ankommt, eine haltende Beziehung zu erleben und dass jede weitere psychische Entwicklung sich daraus von selbst ergibt. Und dabei hat Freud ganz klar formuliert, dass der Mensch ein von seinen Trieben gesteuertes Tier ist. Das ist das Grundlage der analytischen Arbeit. Nur die Pragmatiker drängen das in den Hintergrund, verleugnen es und behaupten stattdessen, dass einzig die Beziehungsmuster, in denen man aufwächst, von Bedeutung sind. Ihrer Meinung nach ist der Freud'sche Standpunkt überholt, und sie halten dessen Anhänger für starrköpfige Dogmatiker, ha, das ist eigentlich ein Kompliment ..."

Sie lachte bitter.

Federer sah sich in eine Diskussion verstrickt, von der er fand, dass sie ihn gar nichts anging. Ihm hatte Bergasser geholfen. Und überhaupt verabscheute er alles, was den Anschein einer Ideologie hatte. Ideologien waren etwas für Menschen ohne selbständiges Denken, insofern empfand er sich selbst als zutiefst pragmatisch. Und Bergasser passte nicht in das Bild eines Eiferers in einem heftig geführten Richtungsstreit.

„Das scheint ja eine erbitterte Auseinandersetzung zu sein, die da in der analytischen Gesellschaft vor sich geht."

„Das kann man wohl sagen. In zwei Wochen sind Vorstandswahlen, und es wird bei dieser Wahl eine Richtungsentscheidung geben darüber, ob Freud in Wien noch seine Gültigkeit behält oder ob er über Bord geworfen wird. Bergasser wollte gegen Gaudinsky antreten."

„Das heißt ... ?"

„Gaudinsky hast du doch sicher bei dem Vortrag gesehen. Er ist der Freund von Zumbrich, wobei ich nie verstanden habe, dass sie sich überhaupt mit einem Mann eingelassen hat. Sie hat es selbst sehr schwer gehabt in ihrer Vergangenheit. Ihr Vater war ein menschliches Wrack, vollkommen zerrüttet. Er war mehrere Jahre lang in einem Konzentrationslager interniert. Zwar hat er überlebt, doch er bekam heftigste Aggressionsdurchbrüche, richtete sie gegen seine Familie, ohne jegliche Rücksicht. Die Mutter von Doktor Zumbrich war jüdischer Abstammung, eine Enkelin von Gustav Mahler ..."

Federer war überrascht. Vera kannte den Komponisten also zweifellos, hatte das aber bei dem Konzert in ihrer Rolle als blonde Einfalt einfach verdrängt gehabt.

„... Sie hatte rechtzeitig vor den Nazis fliehen können und kehrte nach dem Krieg zu ihrem Mann zurück. Der hat ihr ihre Flucht ewig vorgehalten und seinen ganzen aufgestauten Hass an ihr und an ihrer Tochter ausgelassen. Es muss die Hölle für die beiden gewesen sein. Und doch scheint Zumbrich sich von Gaudinsky angezogen zu fühlen. Er hat etwas an sich, eine naturgegebene Autorität, der man sich ganz automatisch unterordnet, der sie sich wohl nicht entziehen kann ..."

So etwas wie Verachtung für ihre Analytikerin schimmerte durch, so, als habe diese ein ungeschriebenes Gesetz gebrochen, eine Schwäche, die sie, Vera, sich niemals erlauben würde.

„ ... Er ist dir bestimmt vorhin aufgefallen, er ist immer an ihrer Seite ..."

Federer erinnerte sich an die gepflegte Erscheinung des Professors.

„ ... Jetzt ist er der einzige Kandidat für die Position des Präsidenten, und er wird sicher gewählt werden, ein Glück."

Federer wurde hellhörig. Wenn das kein Motiv war. Er musste mehr erfahren über diesen Gaudinsky und über den Richtungsstreit in der Gesellschaft. Vielleicht wusste Vera noch einiges, was ihm weiterhelfen konnte. Welch merkwürdige Wendung ihre Beziehung genommen hatte. Die Weinkaraffe leerte sich zum wiederholten Male, und die Wirtin reagierte prompt, nicht ohne den resigniert zu Federers Füßen liegenden Hund mit einem skeptischen Blick zu würdigen.

„Wenn ich dich richtig verstanden habe, gibt es also in der analytischen Gesellschaft einen Streit über die wahre Lehre, bei dem Gaudinsky die eine Seite vertritt und Bergasser der Wortführer der anderen Richtung war ..."

„... Du hast das doch heute bei dem Vortrag von Greenstone selbst mitbekommen. War er nicht genial, wie er belegt hat, dass jedes menschliche Verhalten von der Sexualität, dem Triebtier in uns, gesteuert wird? Alles andere ist nur Verleugnung."

Mittlerweile war es dunkel geworden, und über der Stadt, die gleich einem Sternenmeer funkelnd vor ihnen lag, ging der Mond auf wie eine kreisrunde Scheibe glühenden Metalls. Alles schrie geradezu nach Romantik, und doch stand eine Wand zwischen ihm und dieser sonderbar gespaltenen, sich verführerisch und abweisend gebenden Frau. Er hörte ihr kaum noch zu, sah sie so, wie er sie kennen gelernt hatte, erlag ihren Reizen, dem Anblick ihrer Lippen, ihrer Gesichtszüge und Bewegungen im fahlen Schein des Mondlichts. Er begehrte sie, ihren Körper, selbst in dieser anderen Gestalt, war durch ihre Worte ertappt. Nicht einmal ansatzweise schien sie das Gleiche zu empfinden. Sie war eine andere, wenn sie ihre Perücke ablegte. Dabei, wenn jedes Verhalten von Trieben bestimmt wurde, wie sie behauptete, und was er bereitwillig bestätigen würde, musste das doch auch auf sie selbst zutreffen. Zaghaft streckte er seine Hand nach der ihren aus, die sie eilig zurückzog.

„Es ist so, wie Greenstone es sagt. Schau dich an. Du denkst nur an Sex, alles andere ist dir vollkommen egal ..."

Er wollte seine Verlegenheit überspielen und ihr widersprechen, aber sie kam ihm zuvor.

„ ... einer Frau den Halt zu geben, die Geborgenheit, die sie braucht, das kommt euch doch gar nicht in den Sinn, das ist doch alles nur vorgespielt, um immer wieder nur das eine zu bekommen."

„Eher zu geben als zu bekommen", dachte Federer, doch dies war nicht der richtige Zeitpunkt für Haarspaltereien.

„Du willst gehalten werden, ohne Körper, ohne Sex. Aber wird nicht gerade durch das Körperliche erst wirkliche Nähe möglich?"

„Da siehst du es, genau wie ich gesagt habe. Sex, Sex, Sex. Ich sagte dir doch, ich kann mit einem Mann nichts anfangen. Echte Intimität findet auf einer ganz anderen, einer geistigen Ebene statt, aber das kannst du als Mann eben überhaupt nicht nachvollziehen."

„Wieso schließen die beiden Ebenen einander aus?"

„Weil Sex immer selbstsüchtig ist, brutal und die Frau unterdrückt."

Sie hielt jeden Mann für ihren Vater, soviel wurde Federer inzwischen klar. Nur, ihr das zu sagen, war nicht seine Aufgabe, schließlich war er nicht ihr Analytiker, und außerdem würde sie ihm dann den Kopf abreißen. Bei ihr biss er auf Granit. Er seufzte, vernahm ein leichtes Surren von der Wirkung des Weines und vom Gesang der Grillen. Er sollte sich auf seine Arbeit, auf Gaudinsky und auf den Streit in der Wiener Gesellschaft für Psychoanalyse konzentrieren.

14

„Was ist Gaudinsky für ein Mensch?"

„Er ist sicher einer der bedeutendsten Köpfe, die die Gesellschaft hat, auch unabhängig von seiner Erfahrung und von seiner direkten Linie zu Freud. Er hat unzählige Artikel publiziert und Vorträge gehalten, nicht nur hier in Wien, auch international, und spricht mehrere Sprachen fließend. Ihm ging es immer vor allem darum, das Erbe Freuds am Leben zu erhalten, anders als Bergasser und seine pragmatischen Freunde, die Freud auf das Niveau eines historischen Phänomens reduziert haben. Nicht von ungefähr war Bergasser Leiter des Archivs. Aber es geht hier nicht um Geschichte, sondern darum, sich einer radikal revolutionären Entdeckung zu stellen und sie nicht verklemmt zu verleugnen."

„Wer ist denn hier verklemmt?", dachte Federer und trank von seinem Wein.

„In diesem Punkt schätze ich Gaudinsky sehr, aber als Mensch kann ich ihn, ehrlich gesagt, nicht ausstehen. Er ist kalt und narzisstisch. Ihm ist nur wichtig, mit wem er verkehrt und mit wem er gesehen wird. Wer weder Position noch Titel hat, ist für ihn uninteressant. Er verfügt über beste Verbindungen zu Politik und Wirtschaft, wie kaum jemand von uns, und ich bin mir sicher, dass er auch nur deshalb mit Zumbrich zusammen ist, weil sie eine Urenkelin von Gustav Mahler ist. Wer sie als Mensch ist, ist ihm egal, ganz Mann – soll mich das wundern?"

Ihr verächtlicher Ton warf Zweifel auf an der Verwertbarkeit ihrer Beschreibung. Federer fragte sich, wie viel davon zutreffen und wie viel ihrer voreingenommenen Haltung Männern gegenüber entspringen mochte. Sollte sie wirklich Analytikerin werden, würde er keinem männlichen Wesen wünschen, auf ihrer Couch zu landen.

„Gaudinsky wird mit Hilfe seiner Kontakte sicher aus der Durchsuchung der WGP heute einen ziemlichen Skandal machen. Hast du eigentlich etwas damit zu tun, du bist doch am Morddezernat, hattest du das nicht gesagt?"

„Das stimmt, aber an der Durchsuchung war ich nicht beteiligt. Das wird meine übereifrige Kollegin gewesen sein."

Er hielt inne. Der Wein schwemmte Gefühle an die Oberfläche. Der Tod Bergassers schmerzte ihn, nicht unerklärlich, aber unerwartet. Er wollte nicht darüber reden. Sie spürte das, und diese sensible Seite an ihm schien ihr zu gefallen.

„Wenn ich dir irgendwie helfen kann?"

„Das ist lieb von dir, aber ich komme schon zurecht. Ich bräuchte Informationen. Wer kann das getan haben? Ich habe nicht die geringsten Anhaltspunkte. Nur deshalb bin ich überhaupt zu dem Vortrag gekommen."

Dann sprudelte aus ihm heraus, was Bergasser ihm bedeutet hatte und wie ihm auf einmal alles zu viel zu werden drohte, die Angst nach dem Anschlag, seine chronische Einsamkeit, die Verwirrung über seine Gefühle. Doch konnte er Vera überhaupt trauen? Diese Frage ging unter im Nebel des Alkohols.

„Vielleicht weiß ich einen Weg, wie ich dir behilflich sein könnte. Nicht, dass ich Bergasser besonders gemocht hätte, aber der Mord wirft ein falsches Licht auf die WGP. Ich kann dir Eingang zu unseren Räumen verschaffen, ich habe einen Schlüssel."

„Wie kommst du denn an den?"

„Jeder Ausbildungskandidat bei uns erhält einen Schlüssel, das ist eine alte Tradition. Mit der Aufnahme in die Gesellschaft gehört man dazu und wird als zukünftiges Mitglied der Gemeinschaft behandelt."

Stimmte das, oder war das eine eigens für ihn ausgelegte Falle? Er musste es darauf ankommen lassen, sah sie prüfend an, doch alles, was er an ihr erkannte, war, dass sie noch heftiger als er dem Wein zugesprochen hatte, der anfangs erfrischend und belebend gewesen war, jetzt jedoch mit ganzer Wucht seine Wirkung entfaltete. Es war spät. Die Wiener Gesellschaft für Psychoanalyse würden sie auf morgen verschieben müssen. Sie würden ein Taxi nehmen, denn fahren konnte sie in dem Zustand nicht mehr.

Er blickte hinab auf die Lichter der Stadt. Sie hatten einander zwar besser kennen gelernt in den vergangenen Stunden, doch von der verzauberten Romantik dieses Platzes hatten sie kaum Notiz genommen. Näher gekommen waren sie einander nicht. Die Mauer, die Vera umgab, konnte er nicht durchdringen. Nicht einmal der Wein hatte daran etwas geändert.

„Ich glaube, es ist Zeit, dass wir gehen. Mit dem Besuch bei der WGP sollten wir wohl bis morgen warten."

„Ja, du hast Recht. Aber ich werde dich noch nach Hause bringen."

„Es ist besser, wenn wir ein Taxi nehmen ..."

„Nein, das kommt gar nicht in Frage. Ich setze dich bei deiner Wohnung ab, und dann fahre ich heim zu mir."

„Aber ..."

„Keine Widerrede."

Fielen ihr nicht schon die Augen zu?

„Das kann ich auf keinen Fall zulassen. Der Wein, du weißt, ich bin bei der Polizei."

„Na, jetzt hör mal. Ich bin schließlich kein kleines Kind mehr und kann auf mich aufpassen: wenn du willst, nimm mich doch fest."

Genau das hätte er tun sollen. Und doch versuchte er nochmals, ihr zuzureden, was unter dem Einfluss des Alkohols wirkungslos verpuffte. Jedenfalls durfte er sie nicht alleine fahren lassen. Er redete sich ein, er könne auf sie aufpassen, sie falls erforderlich schützen. Er selbst nahm in der Stadt nie das Auto, da er sich dafür für zu impulsiv und für zu leicht ablenkbar hielt. Aber das war nichts im Vergleich zu dem, was ihm jetzt bevorstand, das ahnte er.

Nachdem er gezahlt hatte, waren sie überraschend schnell bei ihrem Wagen. Sie stiegen ein, er schnallte sich an.

„Du liebst doch Mahler."

Noch bevor er etwas erwidern konnte, hatte sie eine Kassette mit Mahlers Achter aufgelegt. Die Chöre sprengten sein Gehör, durchpeitschten von allen Seiten das Wageninnere. „Wenigstens bleibt sie auf diese Weise wach", beruhigte er sich und war selbst überrascht, wie er der Situation noch etwas Positives abgewinnen konnte.

Die Vororte mit den Heurigen durchzogen enge Gassen, und sie lagen auf Hügeln, am Beginn des Wienerwalds, des letzten Ausläufers der Alpen. Und Vera gab Gas, Vollgas bergab, lachte dabei roh vor Begeisterung. Hausfassaden schienen an ihnen vorbeizufliegen, einige Schaufenster, eine Bushaltestelle. Es gab erste kleinere Schrammen von Zäunen, Hausecken, Laternenpfählen, dann Passanten auf der Flucht, ein fluchender Straßenfeger, ein zur Seite springender Radfahrer – was fuhr er auch ohne Licht? Mit seiner rechten Hand hielt Federer Marilyn fest an sich gepresst, mit der linken umklammerte er den Griff der Handbremse, um gegebenenfalls ... oder sollte er doch das Lenkrad? Warum hatte er nur zwei Hände? Ihm blieb nichts anderes übrig, als Marilyn sich selbst zu überlassen. Es schien absurd, dass sie ausgerechnet Veras Schoß als vermeintlich sicheren Ort aufsuchte.

Und da, als sie, jegliche Verkehrszeichen ignorierend, den Gürtel kreuzten, tauchte vor ihnen eine Straßenbahn auf, war einfach da. Federer griff ins Lenkrad und riss die Handbremse hoch. Durch das klapprige Auto ging ein Ruck, es drehte sich im Kreis, die Reifen quietschten, und dann endlich stand es, zwar verkehrt herum auf der Fahrbahn, jedoch unbeweglich. Außer dem Dröhnen der Musik herrschte für einen kurzen Augenblick völlige Stille.

„Ups."

„Bist du wahnsinnig?"

Sie glotzte starr vor sich hin. Plötzlich, mitten im Finale des ersten Teils der Symphonie, kam ein Motorradfahrer auf sie zu gerast, bremste ab und kam dabei ins Schlingern. Der Fahrer schien sich nicht entscheiden zu können, an welcher Seite er an ihnen vorbeifahren sollte. Wie in Zeitlupe rollte er ihnen entgegen und stieß schließlich frontal gegen den Wagen. Es gab ein Rumpeln, und vorne auf der Motorhaube lag der Fahrer.

Vera grunzte. Dann stellte sie die Scheibenwischer an. Das Finale schwoll zum Höhepunkt heran. Von dem Mann war nichts zu hören, er war nur zu sehen. Vera schien immer noch nichts zu begreifen, stützte sich auf das Lenkrad, als hätte sie alle Zeit der Welt. Marilyn saß weiter auf ihrem Schoß, ein beinahe idyllischer Anblick. Dann erbrach Vera in einem Schwall. Marilyn tropfte. Federer hatte genug. Er stieg aus. Am liebsten wäre er jetzt einfach zu Fuß zurück in die Innenstadt gegangen und hätte dieses Desaster hinter sich gelassen.

Der unfreiwillig zur Kühlerfigur mutierte Mann regte sich, sah Federer durch seinen Helm hindurch an und rappelte sich auf. Federer war erleichtert, dass der Motorradfahrer augenscheinlich nicht ernstlich verletzt war.

„Sind Sie okay?"

Der Angesprochene antwortete nicht, sondern hatte es auf einmal sehr eilig, stieg von dem Wagen und hob sein am Boden liegendes Mottorad auf. Federer ging auf ihn zu, doch er wurde unsanft zurückgestoßen, stolperte und fiel hin. Diese Gelegenheit nutzte der andere und fuhr auf und davon.

„Halt. Stehen bleiben. Polizei", rief Federer ihm hinterher. Er hatte sich gerade noch das Kennzeichen des Motorrads merken können und beantragte telefonisch eine Fahndung.

Aus dem Wageninnern drang keine Regung. Vera hatte alles verschlafen. Lediglich der säuerlich beißende Geruch erinnerte an das, was geschehen war. Federer öffnete die Seitenfenster und suchte nach einem Lappen. Schließlich fand er ein Tuch, wischte notdürftig das Lenkrad ab, schob Vera auf den Beifahrersitz, die statt zu protestieren weiterschlief, und setzte sich selbst ans Steuer. Durch die Ereignisse war er hellwach, konnte auf einmal problemlos fahren, war schon bald am Ring und wenig später am Franziskanerplatz angekommen. Sogar einen Parkplatz fand er. Ausnahmsweise ließ er Marilyn selbst die Treppen hinauflaufen, da ihr Gestank abscheulich war und er sich außerdem um Vera kümmern musste, ohne dass deren Zustand ansprechender gewesen wäre.

So entging ihm, wie ein silberner Strahl des Mondlichts zärtlich über ihre Lippen glitt.

15

In der Wohnung trug er Vera direkt ins Badezimmer. Er zog sie aus, setzte sie in die Badewanne. Sie ließ alles mit sich geschehen, zeigte keinerlei Reaktion. Ihre Kleidung stopfte er in die Waschmaschine, und sie selbst duschte er sorgfältig ab. Alles geschah in einer Selbstverständlichkeit, die ihn gar nicht mitbekommen ließ, was er da gerade tat. Er trocknete sie ab und brachte sie behutsam in sein Wohnzimmer, wo er sie auf dem Sofa niederlegte und leicht zudeckte. Sie blieb regungslos. Marilyn erwies sich hingegen als überaus wach und unwillig, als er sie der gleichen Prozedur unterzog. Zuletzt nahm er selbst ein Bad. Endlich herrschte Ruhe. Er entspannte sich, lauschte dem Knistern des Badeschaums und war froh, den Geruch von Erbrochenem und Alkohol aus der Nase zu bekommen.

Als er fertig war, warf er sich seinen Bademantel über und ging, um nach Vera zu sehen. Sie hatte die Decke zurückgeworfen, schlief ruhig und, wie er jetzt wahrnahm, verlockend im schummrigen Licht, das von draußen hereinfiel. Es war das erste Mal, dass er ihren bloßen Körper betrachtete, das Abbild seiner Fantasien lag leibhaftig vor ihm. Auch im Schlaf waren ihre vollen Lippen einladend geöffnet, und sein Blick glitt abwärts an ihr. Wie konnte er da widerstehen?

Er zog den Gürtel seines Bademantels enger. Wie er sich hingezogen fühlte zu dieser Versuchung, die die Erfüllung all seiner Sehnsüchte versprach und so zum Greifen nahe war.

Nein, er durfte die Situation nicht ausnutzen. Und doch, vielleicht würde sie gar nichts merken. War er denn wirklich nur an ihrem Äußeren interessiert? Hatte sie Recht, dass es ihm nur um die Befriedigung seiner Lust ging? Wie er sich danach verzehrte, seinen Körper von diesem schmerzhaft lustvollen Ziehen in jeder Faser zu befreien.

Er näherte sich ihr, beugte sich über sie und streckte seine Finger vorsichtig aus nach ihr, berührte fast ihre Wangen, hielt jedoch inne und ließ seine Hand streicheln von ihrem Atem. Nein, es durfte nicht sein. Er war einsam, sehnte sich nach Liebe, aber das hatte nichts mit ihr zu tun, selbst wenn nicht nur ihr Körper, sondern auch ihr widersprüchliches Wesen eine magische Anziehungskraft auf ihn ausübten.

Er erhob sich wieder, ging in die Küche, holte sich ein Glas Wein, kehrte zu ihr zurück. Neben seinem Schreibtisch stehend, ließ er seinen Blick auf ihr ruhen. Dann nahm er einen Zeichenblock und einen Bleistift aus einer Schublade, setzte sich ihr gegenüber in einen Sessel und begann sie zu zeichnen. Es fiel ihm leicht. Obwohl sein Kunststudium an der Akademie schon Jahre zurücklag, hatte er das Zeichnen nie aufgegeben, und seine Hand war geübt, zauberte spielerisch die sanften Schwünge und weichen Rundungen von Veras Körper auf dem Papier hervor. Er war ihr nahe, ohne dass sie je etwas davon wissen, sich in ihrer Verletzlichkeit angegriffen fühlen würde. In der Kunst lebte er aus, was ihm im wirklichen Leben versagt blieb.

Hatte er das nicht immer so gemacht? Aber war es das, was er wollte, oder war das nur eine Ausflucht, weil sein eigentlicher Wunsch nach Liebe unerfüllt blieb? Hatte er von Bergasser nicht so etwas wie Liebe erfahren, selbstlos, aber körperlos? Und doch, war Liebe nicht immer auch eine unbewusste Suche nach der frühen Verbindung zur Mutter, die eben gerade körperlich gewesen war?

Er blickte prüfend auf die Zeichnung, die sich wie von selbst weiterentwickelt hatte und jetzt fertig vor ihm lag. Er hatte Vera gut getroffen. Das Verführerische an ihr war gebannt, würde für immer in seinem Besitz bleiben. Nur das Gesicht war nicht das ihre, doch es kam ihm bekannt, irgendwie vertraut vor. Es trug die Züge Cecilias.

Er leerte sein Glas, war auf einmal schrecklich müde. Sollte er sie noch anrufen? Doch was sollte er ihr sagen? Zögernd ging er zum Telefon. Auf seinem Anrufbeantworter war eine Nachricht. Er hörte sie ab.

„Ciao caro, ich bin es. Ich komme morgen nach Wien. Ich bin zu einem Dinner eingeladen und würde mich freuen, wenn du mich begleiten würdest. Ich melde mich am Nachmittag nach meiner Ankunft wieder."

Konnte das Zufall sein? Er musste sie sprechen. Mit ihr verband ihn eine tiefe Liebe. Weder er noch sie hatten sich das jemals eingestanden, aus Angst. Dabei lag deren Wurzel nicht in dem Verhältnis zwischen ihnen, sondern in einer Vergangenheit, in der sie einander noch gar nicht gekannt hatten. Das wurde ihm mit einem Mal klar. Er musste es ihr sagen, jetzt. Es war spät, längst nach Mitternacht, aber was zählte Zeit, wenn es um Liebe ging?

Er wählte ihre Nummer, und es dauerte nicht lange, bis sie sich verschlafen am anderen Ende der Leitung meldete. „Vielleicht ist jemand bei ihr“, schoss es ihm durch den Kopf. Und wenn schon, auch er war nicht allein, und doch war er einsamer als je zuvor.

„Pronto.“

„Cecilia, bitte entschuldige, dass ich mich so spät noch melde. Ich habe deine Nachricht erhalten und wollte dir nur sagen, dass ich gerne mitkomme zu der Einladung und mich sehr darauf freue, dich wiederzusehen.“

Weiter hätte er kaum an dem wirklichen Grund seines Anrufs vorbeireden können. Zwar begriff er das, noch während er sprach, doch etwas hinderte ihn daran, ihr das zu sagen, was er ihr eigentlich sagen wollte.

„Ja, ich freue mich auch.“

Es entstand eine Pause.

„Sei mir nicht böse, caro, aber ich bin sehr müde, und wir sehen uns doch morgen.“

Als er nicht reagierte, wusste sie, dass etwas nicht stimmte. Sie hatte ein sehr feines Gespür entwickelt in den Jahren ihres Zusammenseins, so dass ihr nichts von dem entging, was sich in ihm abspielte, gelegentlich sogar wenn es ihm selbst gar nicht auffiel.

„Sag mir doch, was los ist. Ich spüre, dass etwas mit dir nicht in Ordnung ist.“

Jetzt endlich hätte er ihr gestehen müssen, wie sehr er sich nach ihr sehnte, mehr als jemals zuvor, dass er sich nichts mehr wünschte, als ihr nah zu sein. Aber es gelang ihm nicht.

„Es geht schon, ich kann dir alles morgen erzählen. Melde dich einfach, wenn du angekommen bist.“

„Na, wenn du meinst, dann schlaf gut.“

Sie legte auf, war mit seiner ausweichenden Antwort nicht zufrieden, doch sie ließ es dabei bewenden. Er merkte das, aber wenigstens hatte er mit ihr gesprochen, hatte ihre Stimme gehört und sich vergewissert, dass er sie in wenigen Stunden in seinen Armen halten würde. Und Vera? Sie schlief weiter, felsenfest, ohne sich zu rühren.

Auch er ging jetzt ins Bett, bei ihm ein Hund, im Nebenzimmer die Inkarnation seiner erotischen Träume und seine wahre Liebe unerreichbar fern.

16

Schlagartig wurde er wach, ein Geräusch, jemand war in seiner Wohnung. Marilyn lag ausgestreckt auf dem Kopfkissen neben ihm und schlief tief und fest weiter. Auch als Wachhund taugte sie nicht viel. Es war bereits hell draußen, aber noch früh. Er hatte geträumt, doch was war wirklich geschehen? Erst langsam stellten sich Erinnerungsbilder ein, der gestrige Abend, der Unfall, natürlich, Vera war bei ihm, sie hatte er gehört. Daher hatte Marilyn auch nicht reagiert – für dieses eine Mal war sie entschuldigt. Er stand auf und zog sich einen Morgenmantel über. Vera war in der Küche, stand völlig nackt vor dem geöffneten Kühlschrank, trank Milch aus einem Karton und hatte ihn noch nicht bemerkt.

„Guten Morgen."

Obwohl er sich noch endlos ihrem Anblick hätte hingeben können, begrüßte er sie. Sie blinzelte zurück, lächelte dann.

„Oh, guten Morgen ..."

Sie schloss die Kühlschranktüre.

„... Oder möchtest du ein wenig Honig?"

Sie schmunzelte keck.

„War nur ein Scherz. Sag, wie bin ich überhaupt hierher gekommen? Ich erinnere mich nur noch daran, dass wir zusammen beim Heurigen waren."

Sie schien gar keine Notiz davon zu nehmen, dass sie, hüllenlos wie sie war, eine gewisse Wirkung auf ihn ausübte. Nein, sie plauderte so selbstverständlich, als kannten sie sich bereits seit Jahren oder als hätten sich gerade eben an einer Straßenecke getroffen.

„Es ist recht spät geworden, und du wolltest unbedingt mit dem Wagen nach Hause fahren, und dann gab es einen Unfall ..."

„Einen Unfall? Das ist ja lustig. Was ist denn passiert?"

„Glücklicherweise nichts Ernstes."

„Und danach? Ist dann etwas Ernstes passiert?"

Sie zwinkerte.

„Wie, wie meinst du das?"

„Na, du weißt schon."

Wer war sie jetzt? Welche der beiden Veras stand hier morgens in aller Früh nackt vor ihm in der Küche zwischen Milch und Honig?

„Nein, nein, du warst sofort eingeschlafen, schon während der Autofahrt, um genau zu sein."

„Und du hast nicht ...?"

War sie überrascht, enttäuscht oder beides? Sollte er sie um den Honig bitten? Er war verlegen.

„Ich weiß gar nicht, wie spät wir haben, ich muss um acht zu Doktor Zumbrich ..."

Sie kam auf ihn zu, lächelte wieder, deutlich bestimmter, sah ihm direkt in die Augen.

„ ... und es ist, glaube ich, schon ..."

Dann spürte er ihre Hand und, als sie sich zu ihm vorbeugte, auch ihren Mund ... Es war so schnell vorbei, dass er selbst überrascht war. In der aufgestauten Anspannung der letzten Stunden hatte nur ein winziger Tropfen gefehlt, um das Fass zum Überlaufen zu bringen. Ihr schien das durchaus Recht zu sein.

„Na, dann beeil dich mal, damit du rechtzeitig zu deiner Stunde kommst."

Sie konnte mit ihm machen, was sie wollte, er ließ es geschehen. So gehorchte er auch jetzt in aller Selbstverständlichkeit, duschte und rasierte sich, zog sich an und kam erst dann auf die Idee, auf die Uhr zu schauen. Es war kurz nach sieben.

Zurück in der Küche setzte er sich korrekt gekleidet an den Tisch ihr gegenüber. Sie hatte immer noch nichts an, hatte in Ruhe die ganze Milch geleert und trug nun einen schmalen Milchbart über ihren Lippen.

„Sag, habe ich auch irgendwo etwas zum Anziehen? Ich meine, ich hatte doch gestern Sachen dabei."

„Ja, ja natürlich, aber die sind alle in der Waschmaschine. Nach dem Unfall gestern hast du dich übergeben, und ich habe sie zum Waschen in die Maschine ..., aber ich habe vergessen, sie anzustellen. Ich mache das sofort."

Er sprang auf, war schon im Badezimmer und stellte die Maschine an. Bei seiner Rückkehr in die Küche saß sie unverändert dort.

„Aber du brauchst jetzt etwas zum Überziehen. Ich kann dir etwas von mir borgen, ein T-Shirt, eine Hose. Ist das okay? Oder wir müssen später in ein Geschäft gehen, nur in dem Aufzug lassen Sie dich sicher nicht hinein."

„Gib mir einfach etwas von dir, das wird schon gehen. Ich kann meine Sachen später abholen kommen."

Er brachte ihr eine Shorts und ein Hemd, das sie sich vor dem Bauch zuknotete. Sie frühstückten, und dann war es Zeit für seine Stunde bei Doktor Zumbrich. Gemeinsam verließen sie die Wohnung, sie würden sich nachher bei der Beerdigung sehen.

Pünktlich läutete er bei der Analytikerin und lag schon wieder auf ihrer Couch. Er musste an Vera denken, die genau hier zu der geworden war, die er kennen gelernt hatte. Aber sollte er von ihr erzählen? Ein unbestimmtes Gefühl riet ihm davon ab, als müsse er sie schützen. Oder war das nur seine Angst? Während dieser Gedanken blieb er stumm, und auch Doktor Zumbrich schwieg, was ihn inzwischen nicht mehr überraschte. Er ließ seine Augen durch den Raum wandern, bis sie an der Büste Gustav Mahlers hängen blieben.

„Ich habe erfahren, dass Sie mit Mahler verwandt sind."

Von ihr kam keine Reaktion. Er wollte fortfahren, dass er auch von ihrem Vater gehört habe, doch er behielt es für sich.

Dann sah er die erotischen Statuen, die die Büste auf dem Kaminsims umringten. Hatte er sich Vera gegenüber letzte Nacht richtig verhalten? Hätte er die Gelegenheit doch ausnutzen sollen, sich selbst zuliebe, und hatte sie das nicht geradezu von ihm erwartet?

„Ich habe eine Frau kennen gelernt, und ich bin mir nicht sicher, ob ich nicht mit ihr hätte schlafen sollen."

„Hmm."

„Ich komme immer wieder in Situationen, in denen ich nicht weiß, ob ich meinen Bedürfnissen nachgeben soll oder lieber nicht."

Wenn er schön allgemein blieb, konnte er kaum zu viel verraten. Aber warum war er dann überhaupt hier? Er wurde wütend. Nichts hatte er geklärt mit Vera, lag stattdessen vollkommen sinnlos hier herum. Und der Mord an Bergasser? Keinen

Schritt war er weiter bei dessen Aufklärung, hatte allenfalls eine Idee von einer möglichen Verschwörung innerhalb der analytischen Gesellschaft bekommen, in die Zumbrich, Gaudinsky und wer auch sonst noch verwickelt sein mochten. Gleich würde die Beerdigung beginnen. Sicher würde Zumbrich auch dort sein, ihm behagte die Vorstellung nicht. Heute morgen vor dem Aufwachen, hatte er da nicht geträumt?

„Ich hatte einen Traum ..." Bildhaft tauchten Sequenzen vor ihm auf. „... Ich bin zu Hause. Meine Mutter ist in einer ihrer Psychosen. Mein Vater versucht, sie zum Schweigen zu bringen. Dann nimmt sie ein Messer und geht auf ihn los. Ich flüchte aus dem Haus, laufe einfach nur davon. Es wird ein Wettlauf mit anderen, die ich nicht kenne. Am Ziel steht Bergasser. Ich laufe, so schnell ich kann, und gewinne das Rennen. In dem Moment fällt Bergasser tot um. Eine Frau ist dort, ich sinke in ihre Arme."

„Ich soll also die Mama sein, die den Papa umbringt, damit sie mit ihr schlafen können. Aber sind nicht Sie selbst der Mörder? ... Wir sind dann am Schluss für heute und sehen uns morgen wieder."

Die Stunde war bereits zu Ende, Federer war überrascht. Und was sollte das auf einmal, er der Mörder – von Bergasser? Nie im Leben wäre er auf eine solche Idee gekommen. Zumbrich war übergeschnappt, spielte absurdes Theater mit ihm. Wieder war er sauer auf sie. Wenn das das Ziel ihrer analytischen Arbeit war, ganz nach der Theorie von diesem Greenstone, dann hatte sie bei ihm Erfolg damit, diese Hexe, dachte er.

Wieder zu Hause bei einem zufälligen Blick auf die Uhr stellte er verwundert fest, dass es erst Viertel vor neun war. Zumbrich hatte die Stunde zu früh beendet, sie direkt im Anschluss an seine Traumerzählung einfach abgebrochen. Das hatte etwas zu bedeuten, dessen war er sich sicher. Doch er musste aufbrechen, der Weg nach Grinzing war weit, zumindest für Wiener Verhältnisse.

17

Er nahm die Straßenbahn vom Schottentor nach Grinzing, ließ, in seinem schwarzen Anzug schwitzend, die Stadt an sich vorbeiziehen. Seine Vorbehalte gegen das Auto waren durch die Ereignisse der vergangenen Nacht nicht geringer geworden, und so hatte er sich für Dauer und Schweiß einer Straßenbahnfahrt entschieden. Der Tag war ungewöhnlich schwül, zu schwül für eine Beerdigung, zu strahlend. Es fehlte das Grau. Das Leben ignorierte den Tod in falschem Triumph, dabei war er es, der immer gewann.

Zwar stammte Federer aus Wien, doch seine Vorliebe für Begräbnisse war begrenzt. Seit der Beerdigung seiner Mutter hatte er sich zu keinem Grab mehr verirrt. Er gehörte nicht zu denjenigen, die, wie bei Wienern beliebt, in einer fremden Stadt als Erstes auf die Friedhöfe eilten, fand es nicht sinnvoll, zu verrottenden Leibern zu pilgern. Für ihn war das Andenken an einen Menschen lebendig, unabhängig vom Ort von dessen schleichendem Verfall, und die Konservierung in einem Fleckchen Erde lediglich ein verzweifelter, aber scheiternder Versuch, der ersehnten Unsterblichkeit einige symbolische Sekunden abzuringen. Warum kümmerte es die Menschen, was mit ihren Körpern geschah, wenn sie selbst davon gar nichts mehr mitbekamen und außerdem meist noch vor ihrer Aufbahrung in Stücke zerlegt wurden, weil jeder mit der Einweisung in ein Wiener Spital, in der Regel, ohne es zu wissen, einer Sektion zustimmte für genau den Fall, in dem eben kein Einspruch dagegen mehr möglich war. Auch das wurde wie so vieles einmütig verdrängt. Es ging ein wenig feierlicher zu in Wien als anderswo, auch und gerade bei Beerdigungen. Aber das Ergebnis war dasselbe wie überall.

Die Bahn überquerte gerade den Gürtel, und Federer dachte an den Unfall der vergangenen Nacht, dann wieder an Bergasser. Wie intim er mit dem Analytiker zusammen gewesen war in den engen vier Wänden des Ordinationszimmers, nicht körperlich, aber dennoch nah. Er hatte ihn erlebt als liebevollen, klar denkenden und genau analysierenden Menschen, doch was

Bergasser bewegt, was sein Leben erfüllt hatte, das alles war ihm unbekannt. Bestand nicht die Gefahr, dass er desillusioniert würde durch seine Ermittlungen? Er hatte Angst vor der Beerdigung. Zwar hatte er die Leiche Bergassers selbst gefunden, aber dennoch den Tod des Analytikers bisher, so gut es ging, verdrängt. Jetzt, mit diesem institutionalisierten Trauerzeremoniell, gab es kein Ausweichen mehr vor der Realität. Lieber hätte Federer sich alleine, auf seine stille Art, von Bergasser verabschiedet, doch er fühlte sich verpflichtet, den Mörder zu finden, und der würde auch bei der Trauerfeier sein, das spürte er.

Er hatte Grinzing erreicht, doch ihm blieb noch Zeit, und er spazierte an der Pfarrkirche vorbei, den Anfang der Himmelstraße entlang. Wie dicht hier alles beieinander lag, neben der Pfarrei ordinierte ein Psychiater, und gleich das nächste Haus war ein Heuriger, ein breites Angebot für die seelische Gesundheit.

Dann kehrte er um und stand wieder vor der kleinen Kirche. Sie war sehr schlicht, erinnerte an eine der Wehrkirchen in der Buckligen Welt im Süden Wiens. Eindrucksvoller waren die beiden alten Bäume auf dem Vorplatz, links eine Linde aus dem achtzehnten Jahrhundert, gepflanzt anlässlich einer Glockenweihe, rechts eine Eiche.

Zwischen ihnen hindurch trat er ein in den Kirchraum. Die Dunkelheit und die Gegenwart des Todes waren beklemmend. Nur wenige Trauergäste hatten sich bisher eingefunden. Der Sarg stand aufgebahrt vorne vor dem Altar. Federer drängte es, zu ihm zu gehen und den Deckel zu öffnen, in der Hoffnung, er möge leer sein. Pietät hielt ihn davon ab. Langsam füllten sich die Holzbänke. Er erkannte Professor Gaudinsky wieder und Doktor Zumbrich, auch einige Gesichter vom Vortrag gestern. Dann kamen Musiker mit ihren Instrumenten herein und nahmen an einer Seite des Raumes Platz. Gaudinsky, der zusammen mit Zumbrich in der ersten Reihe saß, schaute sich mehrfach um, dann auf seine Uhr, erhob sich schließlich und ergriff das Wort:

„Liebe Anwesende! Wir alle haben unseren geschätzten Kollegen Paul Bergasser gut gekannt, und es wird niemanden hier überraschen, dass er für den Fall seines Ablebens nicht nur für das Wohl seiner Patienten vorbildlich Sorge getragen, sondern auch den Ablauf seiner eigenen Beerdigung genau festgelegt hat.

Er war ja regelrecht vernarrt in alles Historische, liebte die altösterreichischen Traditionen, wahrscheinlich weil er so lange im Ausland leben musste. Aus diesem Grund sind wir heute auch hier, in einer Kirche, obwohl Bergasser nicht religiös war, und es wird einen Leichenzug geben. Alles ist von ihm schon vor Jahren unter Einsatz seiner ganzen Überredungskünste bei der Kirche und bei den zuständigen Magistratsabteilungen für diesen Tag vororganisiert worden.

Bergasser trat immer schonungslos ein für die Eigenverantwortung des Menschen, fand, er brauche keinen Gott. Er glaubte an eine naturgegebene Liebe der Menschen füreinander.

Die meisten hier wissen nur zu gut, dass er und ich nicht immer einer Meinung waren, dass wir uns teilweise sogar erbittert gestritten haben in der Frage darum, was wichtiger ist in unserer Arbeit, die Theorie, unser durch wissenschaftliche Forschung gesammeltes Wissen, oder die intuitive freie Entfaltung eines, wie er es immer nannte, tief verwurzelten Liebesbedürfnisses. Was jetzt geschehen ist, hat mich, wie uns alle, zutiefst erschüttert. Möglicherweise hätte es sich verhindern lassen, wenn Bergasser nicht so beharrlich auf seinem Verständnis von Therapie bestanden, sondern sich an eine stärkere therapeutische Neutralität gehalten hätte. Aber wir wissen es nicht.

Und wenn er nun doch Recht hatte? Ich muss gestehen, dass mich dieser Gedanke nicht mehr loslässt. Er jedenfalls hat seine Erfüllung gefunden, indem er seine Überzeugung gelebt hat, die doch vor allem eines war, eine unbedingte und freie Liebe.

Seinem Wunsch entsprechend wird nur Musik ihn auf seinem letzten Weg begleiten ..."

Gaudinsky dankte, nahm wieder Platz und beugte sich zu Zumbrich hin, die ihm etwas ins Ohr flüsterte. Federer bemerkte, dass er Tränen in den Augen hatte, und war überrascht, so viel Gefühl bei diesem eiskalt und berechnend wirkenden Mann zu entdecken. Er wirkte ehrlich ergriffen. Wie konnte er da mit Zumbrich liiert sein? Die Musiker stimmten ihre Instrumente und spielten in einer Kammerbesetzung das Adagietto aus Mahlers Fünfter. Federer verschaffte sich von seinem Platz aus einen Überblick über die Trauergäste. Bergasser schien wirklich keine leiblichen Verwandten mehr gehabt zu haben, die analytische Gesellschaft war offenbar seine Ersatzfamilie gewesen. Und wie in jeder Familie gab es auch dort Auseinandersetzungen, und dennoch einte ihre Mitglieder ein unsichtbares Band. Er sah Vera. Auch sie war aufgenommen worden in den Kreis der Anwesenden. War es ein Eintauschen der eigenen gegen eine neue, selbst gewählte Familiengemeinschaft? Doch wer waren diese Leute? War einer von ihnen auch der Mörder Bergassers? Saß er hier in der Kirche, und triumphierte er still über sein Opfer, oder suchte er sich mit ihm auszusöhnen, was mochte ihm durch den Kopf gehen?

Die Musik war getragen und feierlich, zart, fast zärtlich, sehnsuchtsvoll, eine transzendente Liebeserklärung an das Leben. In ihr wurde Bergasser noch einmal lebendig. Warum nur hatte er die Inszenierung seiner Totenfeier schon zu Lebzeiten so detailliert geplant gehabt? Hatte er geahnt, was ihm bevorstand, oder war er vielleicht einsam und des Lebens überdrüssig gewesen?

Doch da wurde Federer jäh abgelenkt. Er sah den „Roten“, der ihn auch gleich erkannte, aufstand und auf den Ausgang zu hastete. Federer folgte ihm, störte ungewollt die andächtige Ruhe, in der außer der schwermütigen Melodie kein Laut zu vernehmen war, doch er musste den „Roten“ zu fassen bekommen. Der hatte schon einen ziemlichen Vorsprung, als Federer selbst den Kirchenausgang erreichte, und Laufen gehörte nicht unbedingt zu Federers Stärken, erst recht nicht bei schwülem Wetter und in einem schwarzen Anzug. Aber der Flüchtende war gemeingefährlich, hatte Federer offenbar bis hierher verfolgt. Oder war der „Rote“ auch wegen der Beerdigung hier? Doch weshalb erschien er dann auch hier in roter Kleidung, wollte er auffallen? Federer musste ihn zu fassen kriegen. Aber der andere war schneller als er und schien mit der Gegend vertraut zu sein, die Federer nur von gelegentlichen Heurigenbesuchen her kannte. Wenigstens fiel der Gejagte auf in seiner roten

Kleidung. Federer rief einem Passanten zu: „Halten Sie den Mann!", aber der war offenbar zu rücksichtsvoll, um sich an einem Unbekannten zu vergreifen. Den Grinzinger Steig hinab stieß Federer an die Grenzen seiner Kondition, riss sich noch einmal zusammen, rannte, brüllte dem anderen hinterher, keuchte, versuchte nicht aufzugeben, doch vergeblich. In der Wildgrubgasse war die Jagd zu Ende. Irgendwo in einen Weinberg hinein musste der Verfolgte spurlos verschwunden sein. Federer fluchte. Sein Kopf glühte vor Hitze. Er rief über sein Handy eine Streife, um den Entwischten suchen zu lassen, aber er machte sich nur wenig Hoffnungen, dass er gefunden würde.

Resigniert schleppte er sich zurück zur Kirche, der feuchte Schweiß klebte auf seiner Haut. Als er ankam, setzte sich gerade der Leichenzug in Bewegung. Der blumengeschmückte Sarg wurde getragen von vier Herren in Schwarz mit Zylinder und schneeweißen Handschuhen, dahinter die Musiker, die den Trauermarsch aus Mahlers Erster spielten. Schweigend folgten die Trauernden gemessenen Schritts, die Mehrzahl von ihnen Frauen, ganz am Schluss ein einsamer Rollstuhlfahrer.

Federer reihte sich ein neben Vera, die über sein Aussehen verwundert, über seine Anwesenheit jedoch erfreut schien. Leben, solange dir das Leben noch einen letzten Funken im Leibe lässt, schoss es ihm durch den Kopf. In feierlicher Langsamkeit zogen sie vorbei an der „Höheren Bundeslehranstalt für wirtschaftliche Berufe", einer in morbider Eintracht mit dem nahen Friedhof vor sich hin verfallenden Architektursünde. Der Trauerzug, die Anstrengung der gescheiterten Verfolgungsjagd in der Hitze, Veras Nähe, ihre Probleme und ihre Reize, das alles wurde Federer auf einmal zu viel. Die Trauer überwältigte ihn.

Er brauchte eine Weile, bis er sich wieder gefangen hatte. Schließlich war er hier um zu ermitteln, ermahnte er sich. Arbeit hatte ihn immer vor unerträglichen Gefühlen geschützt. Der „Rote" war ihm entwischt, das ärgerte ihn. War er der Gesuchte, die Lösung des Falls, ein geistesgestörter Patient Bergassers, der aggressiv und zu allem fähig war? Warum sonst das Rot, die Farbe des Blutes, sogar bei der Beerdigung? Oder war es die Farbe des Feuers? Warum hatte ihn der „Rote" in der Nacht attackiert? Würde Federer ihn mit Hilfe der Namensliste aus der Wiener Gesellschaft für Psychoanalyse identifizieren können, Datenschutz hin oder her? Als Patient war Federer die rigorose Verschwiegenheit zwar recht, als Kriminalbeamter empfand er sie als Behinderung der Justiz. Doch vielleicht käme er ja an die Liste, mit Veras Hilfe.

Sie hatten das offene Grab erreicht, die Musik verstummte. Auch jetzt keine Worte, so hatte Bergasser es gewollt.

Schweigend wurde der Sarg hinabgelassen, und es schlug die Stunde des Pompfineberer, des Zeremonienmeisters der letzten Protokollhandlung eines Wiener Erdendaseins. Er war geblieben, selbst wenn sich andere Beerdigungsbräuche überlebt hatten. Während die Trauergäste der Reihe nach am Grab innehielten, reichte ihnen der Pompfineberer seine kleine Schaufel. Nur, wer die Schaufel mit seiner rechten Hand entgegennahm, um damit ein wenig Erde auf den Sarg zu streuen, musste sie unmerklich mit seiner linken mit einem Obolus auslösen, den er unauffällig in die Jackentasche des Totengräbers zu stecken hatte. Vergaß man den Obolus ungewollt oder aus Geiz, verfielen die Gesichtszüge des fleißigen Schaufelhalters schlagartig, was für den Trauernden ebenso peinlich war, wie wenn ihm das Geld aus der Hand, womöglich genau auf den zu Betrauernden entglitten wäre.

Wenigstens lenkten solche ungeschriebenen Pflichten ab von dem Gedanken daran, dass die Erde auf einen Menschen herabrieselte, der einem so viel bedeutet hatte, dachte Federer. Der vorbestimmte Ablauf des Trauerzeremoniells setzte die Gefühle in Szene und bannte sie dadurch gleichzeitig. Federer beobachtete die Reaktionen der anderen, während sie von Bergasser Abschied nahmen, aber ihm fiel bei keinem von ihnen etwas Ungewöhnliches auf.

Dann war alles vorbei. Die Leere, die sich in ihm breit machte, war erdrückend. Er ging auf Vera zu, ohne sicher zu sein, ob er nicht lieber allein wäre. Sie hatte es eilig, hatte irgendeine Verabredung noch vor ihrer Stunde bei Doktor Zumbrich. Das Leben lief weiter, als sei nichts geschehen. Sie vereinbarten, später telefonisch einen Zeitpunkt auszumachen, an dem Vera ihn in die Wiener Gesellschaft für Psychoanalyse einschleusen könnte. Er beschwor sie, niemandem davon zu erzählen, meinte damit vor allem Zumbrich.

Anders als die übrigen Trauergäste wollte Federer den Friedhof noch nicht verlassen, wollte den Ort kennen lernen, an dem Bergasser von nun an zu finden war. Doch nein, Bergasser war nicht hier, er würde in Federers Erinnerung weiterleben. Also musste Federer fort, irgendwohin, hinaus in die Natur, wo er ungestört sein konnte, allein mit seinen Gedanken. Als er zum Ausgang des Friedhofs kam, traute er seinen Augen nicht.

In der prallen Sonne stand, vor Bedeutsamkeit berstend, Schröger. Das falsche Tabakbraun seiner vom Schweiß noch besser als sonst auf seiner Halbglatze klebenden Haare leuchtete regelrecht über seinem ins Gelbliche gehenden Gesicht. Hin- und hergerissen zwischen Abscheu und Verwunderung brauchte Federer einen Augenblick, um zu begreifen, was hier vor sich ging. Jeder, der den Friedhof verließ, wurde einer Personenkontrolle unterzogen. Das konnte sich nur Berndorfer ausgedacht haben. Sie hatte ja die Patientenliste trotz ihrer Durchsuchungsaktion vom Vortag nicht bekommen und offenbar genau wie Federer selbst gefolgert, dass der Mörder an der Beerdigung teilnehmen mochte. Nur unterschied sich ihre Vorgehensweise grundlegend von der seinen.

Federer durfte nicht zusammen mit Schröger und auch nicht von diesem gesehen werden. Sicher wäre es von Nachteil, als Polizist erkannt zu werden, selbst wenn Zumbrich, Vera und sicher auch noch weitere bereits davon wussten, erst recht seit seiner gescheiterten Verfolgungsjagd auf den Mann in Rot. Und ausgerechnet von dessen Existenz ahnte Schröger nicht einmal etwas. Stattdessen zog er sich hier geballten Unmut zu, was ihn aber anspornte, da er es genoss, andere zu drangsalieren. Es bot ihm die seltene Gelegenheit, sich ihnen überlegen zu fühlen.

Federer stahl sich davon in einen anderen Teil des Friedhofs. Obwohl er warmes Wetter liebte, war ihm die schwüle Hitze heute unerträglich. Der Grinzinger Friedhof bot nicht viel Schatten. Eng aneinandergereiht standen die Grabsteine, auf ihnen oft vertraute Familiennamen. Gedankenverloren fand er sich plötzlich vor dem Grab Gustav Mahlers wieder, war überrascht und freute sich über die frischen Blumen als Zeichen stiller Verehrung. Unweit davon ruhte Alma Mahler-Werfel, ihrem ersten Gatten in Ewigkeit doch noch treu. Der Tod hatte sie trotz ihrer Krisen zu Lebzeiten wieder vereint, zwischen ihnen lag nur das Familiengrab einer Schokoladendynastie. Irgendwo musste hier auch ein Hund im Grab eines Menschen beerdigt sein. Federer hatte davon gehört. Der Hund war von seinem Herrchen als Person deklariert und in einem Personensarg bestattet worden, nur damit sein Herrchen später neben ihm ruhen konnte. Federer fragte sich, ob auch er sich eines Tages mit seinem Hund begraben lassen würde. Wie schnell konnte alles vorbei sein. Cecilia würde heute kommen, ihn für Augenblicke herausreißen aus dieser deprimierenden Einsicht. Doch dann würde sie ihn wieder verlassen. Wollte er das? Sollte er nicht zumindest versuchen, sie zu halten? Die Stille der Gräber wirkte auf einmal wie eine Drohung. Er musste fort von hier.

Wieder nahe dem Friedhofsausgang stellte er erleichtert fest, dass Schröger seine Pflicht erfüllt und sich wie eine Schlechtwetterwolke verzogen hatte. Dann erkundigte er sich telefonisch, ob die Streife, die er auf den „Roten" angesetzt hatte, erfolgreich gewesen war, wurde aber erwartungsgemäß enttäuscht. Ihm blieb noch Zeit. Stankovic war zwar aus dem Urlaub zurück, doch nach einer Abwesenheit widmete er den Vormittag immer seinem Schreibtisch, so dass die Dezernatssitzung erst auf den Nachmittag angesetzt war. Federer verspürte den Wunsch, im Schatten der Bäume die Himmelstraße hinauf zu spazieren.

Warum nur hatte er den „Roten" entwischen lassen? Aber war wirklich nur der verdächtig? Auch jemand wie Professor Gaudinsky war doch keinesfalls über jeden Verdacht erhaben, hatte ein Motiv, die Auseinandersetzung in der analytischen Gesellschaft, gipfelnd im Kampf um die Präsidentschaft. Was allerdings nicht zu Gaudinsky als Täter passen wollte, war die Rede, die er vorhin gehalten hatte. Sie hatte zu ehrlich gewirkt. Er hatte sich deutlich und öffentlich zu seinen Differenzen mit Bergasser bekannt. Doch das hatte auch eine perfekte Inszenierung gewesen sein können.

Und Zumbrich? Kräftig genug, jemanden zu erwürgen, war sie sicher. Gehen an Krücken war ein ausreichendes Krafttraining. Federer gefiel der Gedanke – was für ein giftiges Weib sie war –, doch sprach gerade das gegen diese These. Ihm war klar, dass ihn ihr kaltes, distanziertes Wesen, das sie ihm gegenüber an den Tag legte, zu dieser Vermutung verleitete, weil sie ihn damit zur Weißglut brachte. Genau das schien sie mit ihrer analytischen Arbeit bezwecken zu wollen.

Vera fühlte sich bei Zumbrich aufgehoben, allerdings fand Federer das Ergebnis ihrer Therapie durchaus noch ausbaufähig. Welche von ihren beiden Persönlichkeiten wohl auf der Couch lag, und gab es noch weitere, vielleicht gar ...? Hatte sie deshalb an dem Tag des Mordes in dem Café gesessen und ihn abends nach dem Konzert dann so abrupt verlassen?

Federer schüttelte den Kopf, mochte das nicht glauben. Ohne es zu merken, war er inzwischen die ganze Himmelstraße hinaufgegangen und „Am Himmel" angelangt, einer großen Wiese oberhalb der Weinberge mit Blick über Wien. Ihr Name und ihre Lage übten in lauen Sommernächten eine unwiderstehliche Anziehung aus, was Eingeweihten ein wohl gehütetes Geheimnis war. Die Stadt und mit ihr all seine Probleme lagen ihm zu Füßen, erschienen aus der Distanz betrachtet klein, verspielt und kaum der Sorgen wert. Auf einem Marmorsockel fand er eine Metalltafel mit einer eingravierten Inschrift:

„Hier enthüllte sich am 24. Juli 1895
dem Doktor Sigm. Freud
das Geheimnis des Traumes"

Damals hatte hier ein Ausflugslokal gestanden, in dem Freud seine Traumdeutung erdacht hatte. Das Unbewusste war der Schlüssel zum Verständnis des menschlichen Verhaltens, galt das auch für die Lösung dieses Falles?

Von unten herauf schlugen die Glocken zu Mittag. Federer musste zurück, um rechtzeitig zu der Besprechung mit Stankovic im Büro zu sein. Gerade noch erwischte er den Bus.

18

Der Bus fuhr ihn zur Straßenbahn, und die brachte ihn zurück in die Stadt. Er hatte sich in der Zeit verschätzt, es dauerte fast eine Ewigkeit. Immer noch in seinem verklebten schwarzen Anzug betrat er schließlich die Räume des Dezernats und war zu spät dran. Sein Vorgesetzter war Choleriker, also war das ungeschickt von ihm. Doch am ersten Tag nach den Ferien wäre Stankokovic sicher noch gut gelaunt, hoffte Federer. Weit gefehlt – wie ein dumpfes Grollen ein Gewitter ankündigt, drangen aus dem Sitzungszimmer staccatohaft Laute, deren Ursprung für einen Eingeweihten wie Federer unschwer zu identifizieren war. Panisch wie ein aufgescheuchtes Huhn huschte Fräulein Ziegler – sonst stets eifrig, wenn auch meist erfolglos bemüht – ihm über den Weg.

„Sind Sie heute ohne Hund?"

„Grüß Gott, ja, den habe ich nicht mehr holen können."

Erst jetzt in der Duftwolke ihres Kaufhausparfüms fiel Federer sein eigener desolater Zustand so richtig auf. Sein Anzug war zerknittert, sein Hemd klebte am Körper, die Krawatte war leicht geöffnet, und über allem hing eine unsichtbare Glocke aus Schweiß. Zwar verlieh ihm das eine männliche Note – das ließ zumindest der Blick der Chefsekretärin vermuten –, doch er fühlte sich alles andere als wohl in seiner Haut. Aber die Besprechung rief. Nur mäßig durch die Türe des Sitzungszimmers gedämpft, drangen Bruchstücke wütender Wortkaskaden. Fräulein Ziegler war offenbar geflüchtet, aber Federer wusste, wie er sich in dieser Situation zu verhalten hatte. Es kam darauf an, Stankovic nicht den Eindruck eines devot unterwürfigen schlechten Gewissens zu vermitteln, ihm keine Angriffsfläche für seinen Zorn zu bieten. Gleichzeitig durfte er auch nicht zu forsch erscheinen, Stankovic würde sich sonst provoziert fühlen. Ein bestimmtes, aber unaufdringliches Auftreten war gefragt. Federer stand vor der Tür und wartete auf eine kurze Unterbrechung des drinnen tobenden Wirbelsturms. Dann trat er ein.

Der stechende Blick von Stankovic empfing ihn. Diesen einen Augenblick lang stand alles still. Es war ein Abtasten von Federers ungewöhnlichem Erscheinungsbild, dem dieser jedoch standhielt, dann ein Nicken, das ihm signalisierte sich zu setzen, wortlos. Stankovic wandte sich Berndorfer zu:

„Wie ich gerade gesagt habe, was ist Ihnen eigentlich eingefallen ...?"

Die Zeitungen, seine Hand pochte auf die Zeitungen, die vor ihm auf dem Tisch lagen und in denen das Übel gebündelt zu sein schien.

„Wie konnten Sie nur so einen Wahnsinn anzetteln? Sind Sie von allen guten Geistern verlassen? *Jagd auf psychisch Kranke, Wiener Polizei spielt verrückt.* Was glauben Sie, was ich mir heute vom Herrn Bürgermeister – und ich kenne ihn gut, den Herrn Bürgermeister – habe anhören müssen ...?"

Diese Frage war direkt an die Kollegin Berndorfer gerichtet, war jedoch wie die meisten der Fragen des Oberst rhetorisch. Sie wusste, dass sie schweigend zuzuhören hatte, saß dementsprechend ohne jede Regung da und ließ den Wortschwall über sich ergehen. Wie bei Stankovic üblich, war seine ungezügelte emotionale Flutwelle von einem rhythmischen Zucken des rechten Mundwinkels begleitet. Dem Ausmaß seiner Wut entsprechend, nahm das Tempo der Zuckungen zu und wurde am Höhepunkt gekrönt von einem Regen feiner Speicheltropfen, die heute im Sonnenlicht wie feine Perlen aufschienen. Dabei hatte er ein gutes Herz, im doppelten Sinn. Seine Eruptionen überstand er immer glänzend, und er konnte gelegentlich überaus menschlich sein, was allerdings in diesen Augenblicken der Extreme unvorstellbar schien.

„Meine Abteilung! Ich habe den Ruf dieser Abteilung aufgebaut ..."

Ein Beben in seiner Stimme, eine angedeutete Verklärung in seinem Blick, eine kurze Erinnerung an seinen Beginn am Morddezernat, damals unter dem berühmten Oberst Deuring. Es gab keinen Zweifel, Stankovic fühlte sich in seinen Grundfesten erschüttert. Berndorfer hatte mit ihrer Aktion leichtfertig riskiert, ihn und sein Lebenswerk zu ruinieren. Ihr gescheiterter Einsatz war ein unmittelbarer Angriff auf seine Person, und er verteidigte sich dementsprechend.

„... und gerade von Ihnen, von Ihnen hätte ich das ganz bestimmt nicht erwartet ..."

Diese persönliche Ebene musste sie treffen, das wusste er intuitiv. Und dennoch war sie nicht so beeindruckt, wie Stankovic das erwartet hätte. Das entging ihm zuerst, er war zu sehr in Rage, aber schließlich hielt er inne.

„Wären Sie jetzt wenigstens so freundlich, mir zusammenfassend mitzuteilen, wie es zu diesem ganzen Theater ...", wieder tippte er auf das Zeitungssortiment vor sich, „... überhaupt kommen konnte? Was wissen wir denn inzwischen zu diesem Fall?"

Als sei ein auf sie gerichteter harter Wasserstrahl abgestellt worden, ging ein Ruck durch die Kollegin, und sie schüttelte die vergangenen Minuten von sich ab.

„In der Nacht von Montag auf Dienstag ist der Psychoanalytiker Doktor Paul Bergasser in seiner Wohnung erwürgt worden. Der Tatzeitpunkt ..."

„Das steht doch alles bereits in der Zeitung. Das interessiert mich nicht. Ich möchte Anhaltspunkte, Hinweise, Verdächtige ..."

„Anders als etwa bei Ärzten schreibt das Psychotherapiegesetz eine absolute Schweigepflicht vor, eine Sonderregelung, die sich die Herren im Ministerium da ausgedacht haben. Aus diesem Grund war es uns zunächst unmöglich, an die notwendigen Informationen zu dem mutmaßlichen Hauptkreis an Verdächtigen, den Patienten des Mordopfers, zu kommen. Vonseiten der WGP, der Wiener Gesellschaft für Psychoanalyse, erhielten wir gar keine Unterstützung, ganz im Gegenteil, und so blieb mir gar nichts anderes übrig, als diese Durchsuchung anzuordnen, die so viel Staub aufgewirbelt hat ..."

Berndorfer musste sich ihrer Sache sehr sicher sein, denn das mochte Stankovic bestimmt nicht hören. Betont langsam fragte er auch umgehend:

„Und was haben Sie bei Ihrer Durchsuchung herausgefunden?"

Eine Spannung lag in der Luft, die wirklich außergewöhnlich war. Sogar Schröger, der sonst, unbedarft wie er war, jedes Unwetter unbeteiligt an sich vorbeiziehen ließ, rührte sich nicht mehr, und Doktor Fleischhacker verharrte in seinem Rollstuhl so dicht am Sitzungstisch, dass dieser ihm den Bauch einklemmte, ohne dass ihn das kümmerte.

„Leider nichts."

Das fand Federer in der Tat gelungen, beinahe hätte er aus einem Reflex heraus zu applaudieren begonnen, wie in der Oper nach einer fulminant gesungenen Arie, aber er wäre damit auf wenig Verständnis gestoßen. Stankovic war so überrascht, dass ihm die Worte fehlten. Er riss lediglich die Augen weit auf und hatte Mühe mit seinem Zucken nachzukommen.

„Alle Unterlagen von Therapeuten werden, gegebenenfalls per Gerichtsbeschluss, umgehend eingezogen und vernichtet, wenn einem von ihnen etwas zustößt. Alles, was in der Gesellschaft verbleibt, ist eine Liste mit den Namen und Anschriften der Patienten, die sich bei dem betreffenden Therapeuten gerade in Behandlung befinden, um diese benachrichtigen und weiterbetreuen zu können. Diese Liste wird in einem Tresor verschlossen aufbewahrt ..."

Während Federer sich fragte, ob Vera auch hierfür einen Schlüssel haben würde, starrte Stankovic immer noch gebannt auf seine Kollegin. Er verstand sie nicht. Wie konnte sie sich herausnehmen, seiner Autorität mit solcher Gelassenheit entgegenzutreten, ihn regelrecht vorzuführen? Sein Mund öffnete sich langsam, aber er blieb stumm. Ihm entging völlig, dass sie auf die Frage der juristischen Legitimität ihrer Durchsuchungsaktion mit keinem Wort einging.

„... Ich habe daher zwei weitere Ansätze verfolgt: Zum einen habe ich unseren Kollegen Schröger damit beauftragt, während der Beerdigung eine Aufstellung der Trauergäste vorzunehmen. Uns sind die Mitglieder der WGP bekannt. Da Bergasser keine Verwandten hatte, können wir davon ausgehen, dass es sich bei den anderen Gästen um Patienten von ihm gehandelt haben dürfte. Schröger hat erfolgreich den Friedhof abgeriegelt und bei jedem der Anwesenden eine Ausweiskontrolle durchgeführt ..."

„Sie haben was ...?"

Das war endgültig zu viel. Erst der Durchsuchungsskandal mit dem Patienten, der fluchtartig aus dem Fenster gesprungen war, und jetzt auch noch das. Stankovic sah schon den glühenden Hörer seines Telefons vor sich, wenn er an seinen Schreibtisch zurückkehren würde.

„Sie wollen doch nicht ernsthaft behaupten, dass Sie uns nach diesem Irrsinn bei dieser, dieser Psychogesellschaft jetzt auch noch auf dem Friedhof vor aller Augen zum Narren gemacht haben ..."

Stankovic war zutiefst entsetzt. Seine Abteilung wurde dem Gespött preisgegeben. Wie sollte er das je wieder gutmachen?

„... Ich fasse es nicht ..."

Berndorfer hatte ihn einfach ausreden lassen, weder widersprochen noch zugestimmt.

„... Ich habe jetzt eine Aufstellung der in Frage kommenden Personen ..."

Sie überreichte Stankovic die Liste, der das Blatt ungläubig entgegennahm und es vor sich hin legte, dabei aber dessen Inhalt ignorierte.

„... und Schröger hat auch Sie nicht vergessen, Federer, obwohl Sie sich der Kontrolle entzogen haben."

Federer ging nicht auf diesen Seitenhieb ein. Das war ja lächerlich. Was hatte er sich von Schröger kontrollieren zu lassen.

„Ich selbst komme nun gerade eben von einem Gespräch mit dem wohl einflussreichsten Kopf der analytischen Gesellschaft, einem Professor Gaudinsky."

Nun wurde es doch interessant, Federer war gespannt, was Gaudinsky ihr wohl erzählt haben mochte.

„Seiner Aussage zufolge sei Bergasser ein angesehenes Mitglied der WGP gewesen, und sein Tod habe dort heftige Bestürzung ausgelöst. Sicher gebe es, wie in jeder wissenschaftlichen Vereinigung, auch in der WGP Auseinandersetzungen, aber diese würden, selbst wenn sie gelegentlich heftig seien, inhaltlich geführt. Es sei absolut unvorstellbar, dass jemand aus dem Kreis seiner Kollegen für so eine grausame Tat verantwortlich sei, alle hätten schließlich eine jahrelange Selbsterfahrung hinter sich. Da Bergasser keine Angehörigen gehabt habe, könne es sich bei dem Täter eigentlich nur um einen dahergelaufenen Verbrecher oder um einen von Bergassers Patienten handeln. Als ich ihm daraufhin versichert habe, dass wir ein gewöhnliches Verbrechen, wie etwa einen Raubüberfall, mit ziemlicher Sicherheit ausschließen können, weil es nicht den geringsten Hinweis auf ein solches Delikt gibt, hat er ein Stück weit eingelenkt. Er bedauerte, dass er mir zwar keine genaueren Informationen geben könne, aber, ohne mir einen Namen zu nennen, hat er mich wissen lassen, dass Bergasser in den letzten Wochen bei ihm um eine Supervision angesucht habe wegen Schwierigkeiten mit einem seiner Patienten. Der junge Mann – näher hat er ihn mir leider nicht beschrieben – habe eine so genannte …" Sie spickte auf einen kleinen Zettel in ihrer Hand. „… *maligne ödipale Übertragung*, einen Hass auf Bergasser als Vaterfigur, ausgebildet gehabt. Er, Gaudinsky, sei überzeugt, dass dieser Mann der Täter sein müsse. Mehr dürfe und könne er dazu nicht sagen. Jedoch müsse der Mörder unbedingt so bald wie möglich dingfest gemacht werden, es sei schließlich nur eine Frage der Zeit, bis ein anderer Kollege in Gefahr gerate, da alle Patienten Bergassers zur Weiterbehandlung übernommen worden seien. Sicherheitshalber seien ausschließlich weibliche Analytiker ausgewählt worden, und allen sei dringend geraten worden, auf mögliche negative ödipale Übertragungen zu achten. Dennoch herrsche Angst in der WGP und jeder hoffe auf eine rasche Aufklärung des Falles."

Berndorfer hatte eine erste ernsthafte Spur. Stankovic war zur Ruhe gekommen, nickte neugierig, während Federer sofort an den entwischten rotgekleideten Mann dachte.

„Aber das ist noch nicht alles …"

Berndorfer machte eine gewichtige Pause, und Federer gähnte, verärgert über ihre Art, effekthascherisch das Wesentliche immer bis zum Schluss zurückzuhalten. So sehr gierte sie nach Anerkennung. Ähnelte sie darin nicht ihrem Vorgesetzten? Federer konnte sich ein Schmunzeln nicht verkneifen.

„Durch die Aussage des Professors lässt sich mit Hilfe der Liste, die Schröger zusammengestellt hat, der Kreis der Verdächtigen nun weitgehend eingrenzen, sehr weitgehend sogar."

Wieder hielt sie inne. Stankovic hatte vergessen, dass die entsprechende Auflistung bereits vor ihm lag und hing an Berndorfers Lippen, was sie genoss.

„Viele Patienten haben diese Psychoanalytiker ja nicht, das hat mir auch der Professor bestätigt, und Bergasser hatte fast ausschließlich Frauen in Behandlung. Es bleiben lediglich zwei männliche Patienten, die in Frage kommen. Einen der beiden haben wir bereits überprüft. Er ist ..."

Sie hielt kurz inne, blickte auf Fleischhacker, suchte nach dem richtigen Wort.

„... aufgrund einer schwergradigen Behinderung vollkommen gehunfähig und kann daher den Mord kaum begangen haben, da das Opfer ja von hinten erwürgt worden ist. Außerdem kann er eindeutig belegen, dass er in der Mordnacht gar nicht in Wien war. Der zweite männliche Patient, also der entscheidende Verdächtige ..."

Noch eine Pause, Federer war genervt. War das nicht langsam einschläfernd? Sie schien seine Langeweile zu bemerken, denn sie blickte ihn an.

„... sind Sie, Kollege Federer."

19

Nein, das war gar nicht ermüdend. Er traute seinen Ohren nicht, blickte ungläubig, brachte kein Wort heraus. Auch Stankovic war nun wirklich perplex. Der Kollege Federer bot zwar heute einen ungewöhnlichen Anblick, aber dass er ein Mörder sein sollte, kam unerwartet. Was das für den Ruf des Dezernats und seinen Ruf als dessen Chef bedeuten würde, hatte er noch gar nicht in Betracht gezogen.

„Ich muss Sie fragen, ob Sie für die fragliche Nacht ein Alibi haben."

Das war so absurd, es war unglaublich. Federer schluckte, wollte lachen, aber das Lachen blieb ihm im Halse stecken. Alle schauten ihn an, erwartungsvoll und ernst, so als habe er jetzt ein Geständnis abzulegen. Er fühlte sich bereits von ihnen verurteilt. Wie wild begann er in seiner Erinnerung nach einem Alibi für die Mordnacht zu suchen. Er war zu Hause gewesen, allein, nachdem Vera, damals noch blond, ihn sitzen gelassen hatte. Das ergab kein Alibi.

„Ich ... das ..."

Er hatte doch überhaupt kein Motiv. Aber Gaudinsky hatte eines beschrieben, das Berndorfer nun ihm, Federer, unterschob. War das Gaudinsky, der versuchte, ihn fertig zu machen – nur warum? Federer konnte auf einmal nicht mehr richtig denken, so, als schmelze sein Hirn zu einer zähen Masse zusammen, starr und unbeweglich. Die Blicke der anderen waren beharrlich auf ihn gerichtet.

„Sie glauben doch nicht ...?"

„Die vorliegenden Fakten sind eindeutig. Wo waren Sie zur Tatzeit, Montag Nacht zwischen Mitternacht und zwei Uhr?"

„Ich, ich war zu Hause."

Mit einem Mal war er, der Kriminalbeamte, der Verdächtige, der verhört wurde. Auf diese Rolle war Federer nicht vorbereitet. Vorhin noch war er erfolglos auf Verbrecherjagd gewesen und jetzt ... aber ja, der „Rote", das war die Lösung. Er ging in die Offensive.

„Wie können Sie denn sicher sein, dass auch alle Patienten Bergassers bei der Beerdigung waren? Vielleicht war der Mörder ja gar nicht dort. Haben Sie außerdem ..."

Er wandte sich jetzt explizit an Schröger, das schwächste Glied in der Kette seiner Ankläger.

„... wirklich alle Personalien aufgenommen, auch die des jungen Mannes, den ich, als er aus der Kirche flüchtete, zu fassen versucht habe?"

„Ich habe niemanden aus der Kirche weglaufen sehen, aber da war ich ja auch gar nicht. Ich war auf dem Friedhof."

„Wollen Sie damit sagen, dass da noch jemand war, von dem wir nichts wissen?"

Das war Berndorfer, die im Augenblick unschlüssig war, ob sie über diese Neuigkeit enttäuscht oder nur neugierig sein sollte. Federer gewann seine Fassung wieder.

„Ein ganz in Rot gekleideter junger Mann, den ich bereits in der Nacht nach dem Leichenfund auf der Straße in der Nähe der Ordination gesehen hatte, wo er ..."

„Heißt das, Sie waren in der Nacht nach dem Mord noch einmal am Tatort? Soweit ich mich erinnere, haben Sie Bergasser gefunden, weil Sie morgens sein erster Patient waren. Und dann gehen Sie nachts wieder hin? Sind Sie sicher, dass Sie nicht auch in der Mordnacht selbst dort waren?"

Das war ganz Berndorfer. Ihre Sprache wurde immer drängender, härter, regelrecht bohrend und ließ kein Wenn und Aber mehr zu. Sie wollte einen Täter, brauchte ein Geständnis, egal von wem und aus welchem Grund. „Schuldig", wofür auch immer, ihr Kampfgeist forderte das ein. Selbst Stankovic war eingeschüchtert und schaute beinahe hilflos dem merkwürdigen Treiben seiner beiden Kollegen zu. Federer realisierte inzwischen, dass er nun doch ein ernstes Problem hatte. Er konnte keineswegs seine Hand dafür ins Feuer legen, dass er nicht auch in der Mordnacht in der Nähe der Ordination gewesen war, und dann? Er hatte in der Nacht schlecht geschlafen, durch das überraschende, aber frustrierende erste Treffen mit Vera wild geträumt. Und Wein hatte er getrunken, eine ganze Flasche ... und die Kopfschmerztablette, ja und davor, er hatte noch von dieser merkwürdigen Zigarette geraucht, von diesem Kraut aus dem Waldviertel. Er wurde nervös. Hatte er wirklich geschlafen, oder fehlte ihm ein Teil seiner eigenen Erinnerung, und konnte er während dieser Zeitlücke einen Mord begangen haben? Er musste den „Roten" finden, oder sollte er sich Gaudinsky vorknöpfen? Jedenfalls brauchte Federer Zeit, er musste sich Berndorfer vom Hals halten.

„Wenn Sie, Frau Kollegin, mir bitte wenigstens zugestehen würden, meine Sätze zu Ende zu sprechen."

Das sagte Federer mit einer Bestimmtheit, die ihm die Sympathie seines Vorgesetzten einbrachte. Stankovic machte es Angst, wenn jemand anderer als er über Autorität verfügte – und dann auch noch eine Frau, das gehörte unterbunden.

„Wie ich bereits sagte oder besser zu sagen versuchte, habe ich diesen eigenartigen, offenbar immer in Rot gekleideten jungen Mann nicht nur in der Nacht nach dem Mord bei der Ordination Bergassers gesehen, wo er, wie ich Ihnen im Übrigen bereits gemeldet hatte, einen Brandanschlag auf mich verübt hat, sondern auch vorhin bei der Trauerfeier in der Kirche. Leider ist er mir entwischt. Wenn ich Sie richtig verstanden habe, fehlt dieser Mann in Ihrer Aufstellung. Dabei ist er mindestens genauso verdächtig, wie Sie mich hier zu machen bemüht sind. Er ist gemeingefährlich, und die Tatsache, dass er sogar zu einer Beerdigung ganz in Rot gekleidet erscheint, weist ja wohl darauf hin, dass er psychisch auffällig ist."

Berndorfer musterte ihn spöttisch, mitleidig, spielte damit auf seine eigene äußere Erscheinung an, die durchaus vorteilhafter hätte sein können. Er stellte ihre These in Frage, und sie würde sich das nicht gefallen lassen.

„Dann, Herr Kollege, besorgen Sie uns doch bitteschön Ihr rotes Phantom. Bislang fehlt uns jeder Hinweis auf seine Existenz, und solange sich das nicht ändert, sind Sie selbst erst einmal der Hauptverdächtige. Herr Oberst, ich denke das weitere Vorgehen liegt jetzt in Ihren Händen."

Die plötzliche direkte Anrede irritierte Stankovic. Berndorfer nahm sich eindeutig zu viel heraus. Es war seine Aufgabe, andere anzusprechen oder zu verwirren.

„Ich denke, Federer, Sie kommen gleich mit zu mir in mein Arbeitszimmer, und dann können wir überlegen, wie wir am besten weiter vorgehen. Gibt es sonst irgendwelche Ermittlungsergebnisse, die mir noch nicht bekannt sind?"

Er blickte in die Runde, aus der Fleischhacker sich meldete, um mitzuteilen, dass die Laboruntersuchungen, wie von ihm erwartet, keine auffälligen Befunde ergeben hätten. Leider sei es nicht gelungen, Hautproben des Täters am Hals des Leichnams zu identifizieren.

Da sonst niemand mehr etwas zu sagen hatte, hob Stankovic die Besprechung auf, winkte Federer, ihm zu folgen, und verschwand in sein Arbeitszimmer. Er wirkte schwerfällig, sank erschöpft in seinen Sessel hinter dem zu groß geratenen Schreibtisch, sein Urlaub schien ihm bereits in weite Ferne gerückt. Dann beugte er sich vor, stützte die Ellenbogen auf die Tischplatte und faltete die Hände, während er durch die dicken Gläser seiner Brille nachdenklich Federer beäugte, der ihm gegenüber Platz genommen hatte.

„Die Kollegin war ja heute ausgesprochen ungehalten."

Es entstand eine Pause, in der Federer sich vorkam, als säße er in einer Prüfung, in der er zwar die Frage verstanden hatte, aber keine Antwort wusste.

„Ja, ist das nicht absurd? Sie übertreibt jetzt wirklich."

Er versuchte abzutasten, wie Stankovic die Sache sah. Der wies daraufhin mit einer ausladenden Bewegung seines rechten Armes auf die Aktenberge in seinem bis zur Decke reichenden Wandschrank aus schwerer dunkler Eiche, und meinte nachdenklich:

„Ich habe viel erlebt in all den Jahren, die ich bei der Polizei bin, aber so etwas ist mir noch nicht untergekommen. Ich kenne Sie gut, lieber Kollege, oder habe das zumindest bisher geglaubt. Doch wie Sie jetzt hier vor mir sitzen – Sie sehen erbärmlich aus. Stimmt etwas nicht mit Ihnen? Ich weiß ja, dass Sie mit irgendeiner Psychogeschichte zu tun haben, und habe das auch immer toleriert, aber weshalb waren Sie eigentlich bei so einem Psychiater?"

Stankovic war also keineswegs überzeugt von seiner Unschuld, und Federer fragte sich, ob er an seiner Stelle nicht genauso denken würde angesichts des bedauernswerten Bildes, das er darbot. Und wie konnte er, Federer sich sicher sein, dass Berndorfer nicht womöglich Recht hatte? Wie konnte er überzeugend seine Unschuld verteidigen, wenn er nicht einmal selbst wusste, was in jener Mordnacht vor sich gegangen war?

„Nicht psychiatrisch, ich war in psychoanalytischer Behandlung ..."

Er hoffte auf eine verständnisvolle Reaktion seines Vorgesetzten, doch die blieb aus.

„... Warum sollte ich meinem Analytiker etwas antun? Er hat mir geholfen. Ich weiß nicht, ob Sie eine Vorstellung davon haben, worum es in so einer Psychoanalyse geht?"

„Das muss ich in der Tat verneinen, da ich glücklicherweise von mir behaupten kann, dass ich so etwas nicht nötig habe."

Obschon Federer insgeheim anderer Meinung war, beging er jetzt nicht den Fehler, Stankovic zu widersprechen.

„Man kehrt zurück zu Gefühlen aus der Kindheit und kann ein Stück weit einen Ausgleich erleben für frühere emotionale Versäumnisse. Der Analytiker wird dann zu einer Art Ersatzmutter oder Ersatzvater."

Stankovic blickte skeptisch, sehr skeptisch.

„Aber genau von so einer Vatergeschichte als Mordmotiv hat Berndorfer doch gesprochen. Haben Sie denn wirklich kein Alibi? Sie waren daheim, sagten Sie, haben Sie nicht zum Beispiel mit irgendjemandem telefoniert?"

Was sollte er seinem Vorgesetzten nur erzählen? Dass er an dem Abend mit einer Frau im Konzert gewesen war, die sich inzwischen als eine ganz andere entpuppt hatte? Und dass sie ihn erst bis an den Rand des Wahnsinns erregt und dann sitzen gelassen hatte, so dass er den Rest des Abends frustriert zu Hause geblieben war, getrunken, vielleicht zu viel getrunken hatte, um seine Anspannung im Alkohol zu ertränken, dass er dazu Schmerzmittel eingenommen und davor auch noch irgendeine Droge geraucht hatte? In so einer Verfassung war er einsam zu Bett gegangen, irgendwann völlig benebelt aufgewacht. Und da gab es diese dumpfe Erinnerung, als ob er noch draußen gewesen wäre mitten in der Nacht. Vielleicht war das nur ein Traum gewesen, aber genau das wusste er nicht.

„Ich war im Konzert, Mahlers Zehnte, und danach bin ich zeitig schlafen gegangen ... Im Bett war ich allein ... Mehr war nicht."

Stankovic musterte ihn weiter kritisch.

„Dieser Rotgekleidete, von dem ich berichtet habe, er muss derjenige sein, den Gaudinsky gemeint hat, ein junger Mann und allem Anschein nach geisteskrank. Er hat mich attackiert, er taucht immer wieder auf. Rot ist doch die Farbe von Aggression, von Blut. Ich muss ihn nur finden. Ich bin sicher, dass er der Mörder ist."

Weniger seinen Chef als sich selbst versuchte er inzwischen zu beruhigen.

„Wenn Sie meinen ..."

Keiner von ihnen beiden war wirklich überzeugt.

Zwar gab es bei dem Anschlag auf mich keine Zeugen, doch in der Kirche, den Trauergästen ist er sicher aufgefallen. Das lässt sich doch überprüfen."

„Nun gut, Federer, ich mache Ihnen einen Vorschlag: Ich kenne Sie seit vielen Jahren als geschätzten Mitarbeiter an meiner Abteilung, und wir wissen beide, wie verbissen unsere geschätzte Kollegin sein kann. Dennoch sind Sie zurzeit verdächtig, und das sollten Sie schleunigst aus der Welt schaffen. Sicher gibt es bislang keinen dringenden Tatverdacht, doch ich muss Sie unter den gegebenen Umständen vom Dienst freistellen. Ich gebe Ihnen vierundzwanzig Stunden Zeit, um diesen rotgekleideten Unbekannten zu finden. Bis dahin werde ich Berndorfer zurückhalten. Lassen Sie sich noch, bevor Sie gehen, von Fräulein Ziegler die Unterlagen zu dem Fall kopieren, die Sie brauchen könnten, aber das bleibt ausdrücklich unter uns."

Federer verstand. Stankovic schlug zwei Fliegen mit einer Klatsche. Er verhielt sich formal richtig und gleichzeitig machte er ihm, Federer, genügend Druck, um die Lösung des Falles voranzubringen. Auch wenn es nach außen hin nicht den Anschein haben mochte, vertraute Stankovic Federer mehr als dieser sich selbst.

„Ich danke Ihnen."
„Gehen Sie, ich wünsche Ihnen viel Erfolg."
„Danke, auf Wiedersehen."
„Ach, und noch etwas. Besorgen Sie sich vorsorglich einen Anwalt."

Dass er einmal Stankovic dafür dankbar sein müsste, befristet auf vierundzwanzig Stunden freien Fußes das Dezernat verlassen zu dürfen, hätte Federer sich selbst in seinen skurrilsten Träumen nicht ausdenken können. Es lag jetzt allein an ihm, diesen mutmaßlichen Patienten und Mörder Bergassers ausfindig zu machen. Dabei war weder das eine noch das andere sicher.

20

Federers Hoffnung, in den Unterlagen Bergassers, die sie im Dezernat in Verwahrung hatten, etwas über den Verdächtigen zu finden, verflüchtigte sich so schnell, wie sie gekommen war. Ein kurzer Blick genügte, um zu erkennen, dass es sich hierbei nicht um Patientenunterlagen handelte, sondern ausschließlich um Unmengen an Veröffentlichungen, Vortragsentwürfen und Berichten, vor allem im Zusammenhang mit Bergassers Arbeit für das Archiv der Wiener Gesellschaft für Psychoanalyse. Dennoch bat er die Sekretärin, ihm von allen Aufzeichnungen der letzten Monate Kopien anzufertigen.

Dann war es an ihm zu verschwinden. Sein Körpergeruch war mittlerweile so unerträglich, dass ihn jetzt nichts mehr von einer Dusche fernhalten konnte, und wenn es seine letzte Handlung in Freiheit wäre. Ob der Anzug überhaupt noch zu reinigen war? Auch musste er Marilyn nach draußen lassen. Selbst im größten Chaos forderte der Alltag seinen Tribut. Was würde aus ihr, sollte er wirklich ...? Beim Verlassen des Dezernats kreuzte Doktor Fleischhacker seinen Weg.

„Herr Doktor, hätten Sie bitte einen Augenblick lang Zeit für mich, um mir eine Frage zu beantworten?"

Es kam selten vor, dass ihn jemand ansprach, und so war Fleischhacker überrascht. Seine sonst mürrischen Gesichtszüge hellten sich unerwartet auf.

„Ja bitte, wenn Sie wünschen."

„Gehen wir am besten in mein Arbeitszimmer."

Federer wollte sich für seine Wortwahl entschuldigen, wusste aber nicht wie, ging voraus und öffnete die Tür, um sie hinter dem an ihm vorbeirollenden Pathologen wieder zu schließen.

„Dann rücken Sie mal raus mit Ihrer Frage."

„Gilt bei einem Arzt wie Ihnen, wenn man ihm etwas anvertraut, auch die Schweigepflicht, obwohl Sie nur mit Toten arbeiten?"

Fleischhacker lachte.

„Aber natürlich. Nur wird mich halt keiner meiner Patienten verklagen, sollte ich mich einmal nicht daran halten."

„Also wenn ich Ihnen etwas vertraulich mitteile, dann müssen Sie es für sich behalten?"

„Das ist richtig. Worum handelt es sich denn?"

„Wie Sie in der Besprechung sicher mitbekommen haben, hält Berndorfer im Fall Bergasser mich für den Täter ..."

Fleischhackers Mimik war eindeutig. Was hatte er damit zu tun? Seine Aufgabe bestand im Auffinden von Indizien. Was die Kollegen aus seinen Befunden machten, das interessierte ihn nur wenig. Für das Wohl und Wehe eines Menschen wollte er keine Verantwortung übernehmen. Wäre er sonst Pathologe geworden?

„Ich habe ein Problem."

Fleischhacker nickte, ja, das konnte er nachvollziehen.

„Die Mordnacht, ich kann mich nicht erinnern, was in jener Nacht geschehen ist. Ich habe geschlafen."

„Ja, das haben Sie vorhin gesagt, und ich kann Ihnen auch ärztlicherseits versichern, dass es vollkommen normal ist, nachts zu schlafen und sich an nichts zu erinnern, was währenddessen geschehen ist."

„Irgendwann in der Nacht bin ich aber wach geworden, glaube ich. Ich bin mir nicht sicher, habe nur eine dumpfe Ahnung, dass ich noch einmal aufgestanden und auf die Straße hinuntergegangen sein könnte."

„Das haben Sie allerdings noch nicht erwähnt."

„Nein, weil ich eben nicht sicher bin, und weil meine Wohnung nur zwei Minuten entfernt ist von der Ordination Bergassers, verstehen Sie, vom Tatort."

„Ach so? Aber weshalb kommen Sie damit zu mir?"

Fleischhacker beschlich die Ahnung, dass er gegen seinen Willen in etwas hineingezogen werden sollte. Wäre er nicht querschnittsgelähmt gewesen, er wäre unruhig in seinem Rollstuhl hin und her gerutscht. So konnte er nur warten und weiter zuhören.

„An dem Abend hatte ich vor dem Schlafengehen Wein getrunken und eine Schmerztablette eingenommen. Und davor hatte ich auch noch geraucht, irgendso ein selbst gezüchtetes Kraut aus dem Waldviertel, wahrscheinlich Hanf."

Fleischhacker pfiff durch die Zähne. Er begann zu begreifen.

„Da schau her, da sind Sie ja möglicherweise wirklich in einer sehr unangenehmen Lage. Marihuana und Haschisch, beide aus dem Hanf gewonnen, sind Rauschgifte, die den Halluzinogenen zugerechnet werden, da sie besonders in Verbindung mit weiteren psychotropen Substanzen – Alkohol oder auch Schmerzmittel – noch Stunden nach dem Genuss zu einem Rückfall oder zu einer Amnesie, einem zeitlich befristeten Bewusstseinsverlust, führen können."

Genau etwas in der Art hatte Federer befürchtet.

„Damit wäre es also theoretisch denkbar, dass ich, obwohl ich nicht ..."

„Das sieht ganz so aus. Es tut mir Leid, dass ich Sie da nicht beruhigen kann. Allerdings eine Entlastung habe ich für Sie. Sollten Sie es wirklich gewesen sein, dann wären Sie zumindest zum Tatzeitpunkt nicht zurechnungsfähig gewesen und damit nicht schuldfähig im Sinne des Gesetzes."

Immerhin etwas, beschwichtigte Federer sich, auch wenn es nur ein schwacher Trost war

„Ich ..., Sie meinen ... aber wie kann ich das herausfinden?"

„Was die Wirkung in der fraglichen Nacht angeht, gar nicht. Sie könnten allenfalls einen Urintest machen – die Halbwertzeit der Cannabisabbauprodukte ist lang – als Beweis dafür, dass Sie die Droge konsumiert haben. Nur wird das Ihrem Ansehen in der Abteilung nicht gerade förderlich sein. Am besten, Sie sichern sich vorsorglich eine Urinprobe und lagern diese tiefgekühlt ein. Sollte es wirklich erforderlich sein, könnten Sie sie dann gegebenenfalls immer noch testen lassen."

„Ich muss diesen Unbekannten finden, das ist meine einzige Hoffnung ..."

Fleischhacker sah ihn mitleidig an.

„Aber wegen der Schweigepflicht, da machen Sie sich mal keine Sorgen."

„Ich danke Ihnen."

Der Pathologe verabschiedete sich und fuhr hinaus. Es war deprimierend. Federer suchte nach Erinnerungsfetzen, die den furchtbaren Verdacht erhärten oder widerlegen könnten. Die

Unsicherheit war noch schlimmer zu ertragen als eine wie auch immer geartete Gewissheit.

Hatte sich seine Erschütterung über Bergassers Tod nicht doch in Grenzen gehalten? War er durch die Therapie weniger verletzlich geworden, oder hatte er etwa die Tat in einem krankhaften Rausch selbst begangen und war er deshalb nicht bestürzter darüber?

Von Fräulein Ziegler bekam er die gewünschten Kopien und verließ dann das Dezernat, wollte endlich alles von sich abwaschen, den Schweiß und die Erlebnisse der letzten Tage. Er ging schnurstracks nach Hause. Sofort nach Marilyns Begrüßung riss er sich die verklebten Kleider vom Leib und stellte sich unter eine heiße Dusche, ließ das Wasser dröhnend auf seinen Schädel niederprasseln. Am liebsten wäre er einfach so stehen geblieben, stundenlang, tagelang.

Doch er musste den „Roten" finden, würde dafür allerdings die Namensliste benötigen, und er sollte sich Gaudinsky vornehmen, schließlich hatte der mit seinem Hinweis überhaupt erst den Verdacht auf ihn gelenkt. Federer verließ die Dusche, trocknete sich ab und ging zum Telefon. Im Telefonbuch fand er die Nummer von Gaudinskys Ordination und wählte sie. Eine freundliche weibliche Stimme meldete sich als Sekretärin des Professors, bat ihn, kurz zu warten, und teilte ihm daraufhin mit, er könne in einer halben Stunde vorbeikommen. Federer dankte und legte auf. Die Adresse der Ordination war Stock im Eisen-Platz Nummer drei, also ganz in der Nähe. Bevor er sich anzog, sammelte er der Empfehlung Fleischhackers entsprechend Urin, um ihn tiefzukühlen. Dann machte er sich auf den Weg.

21

Der Stock im Eisen-Platz Nummer drei war das Palais Equitable, das als Sitz einer amerikanischen Lebensversicherung erbaut worden war. Ein Psychoanalytiker im Haus einer Lebensversicherung, was auch immer das bedeuten mochte, dachte Federer, als er Marilyn folgend eintrat. Prunkvolle Architektur des Historismus umgab ihn, und das Gebäude rühmte sich gleich am Eingang auf einer kleinen Messingtafel selbst damit, „eines der schönsten Häuser Wiens" zu sein. Federer hatte es noch nie betreten, sich immer mit der auffallenden Fassade begnügt, obwohl er fast täglich hier vorbeikam. Gaudinskys Ordination befand sich im ersten Stock, wie einem Schild im Foyer zu entnehmen war.

Unter einem hohen Lichtschacht führten marmorne Stiegen hinauf, elegant in jeder Etagenmitte von einem Absatz unterbrochen, von dem aus der Blick frei war in einen von Glas überdachten, vollständig ausgekachelten Innenhof. Jedes Detail wurde der bevorzugten Lage des Hauses gerecht. Auf die „Untertheilung" folgte das Mezzanin, auf das Mezzanin der erste Stock. Er läutete und wurde von der Sekretärin eingelassen.

„Grüß Gott, Georg Federer, Kriminalpolizei, ich hatte vorhin angerufen."

„Grüß Gott, selbstverständlich. Ich werde dem Herrn Professor Bescheid geben. Wenn Sie bitte einen kurzen Augenblick hier warten würden."

Es dauerte nicht lange, und sie bat Federer hinein in das Behandlungszimmer des Analytikers. Professor Gaudinsky war gerade dabei, seine Blumen zu gießen, und kam mit höflich entgegengestreckter rechter Hand auf ihn zu, während seine linke noch eine Gießkanne hielt. Sein Auftreten, das weiße Haar, der dunkelblaue Anzug mit Weste, seine gesamte Erscheinung, alles passte perfekt zu der vornehmen Adresse.

„Grüß Gott, junger Mann. Bitte entschuldigen Sie vielmals, aber ich bin gerade noch damit beschäftigt, meine Blumen zu gießen. Leider habe ich überhaupt kein Händchen für sie, sie gehen mir immer ein. Entweder ich ertränke sie, oder sie vertrocknen mir. Mit Menschen komme ich glücklicherweise besser zurecht."

Er lächelte vielsagend. Sein Händedruck war fest und bestimmt, aber nicht zu kräftig.

„Kann Ihnen meine Sekretärin etwas anbieten, vielleicht einen Kaffee? Es wundert Sie vielleicht, dass ich in meinem Beruf überhaupt eine Mitarbeiterin habe, aber ich benötige sie für die vielen Schreibarbeiten, die durch die diversen Veröffentlichungen bei mir anfallen."

„Nein, besten Dank. Machen Sie sich bitte keine Umstände."

„Nun denn, junger Mann, was kann ich für Sie tun? Meine Sekretärin sagte mir, dass Sie von der Polizei sind und im Mord an Bergasser ermitteln. Doch warten Sie, haben wir uns nicht bereits irgendwo einmal gesehen? Ich habe ein gutes Gedächtnis für Gesichter, und ich erinnere mich an das Ihre, weiß allerdings im Moment nicht von woher."

„Mein Name ist Federer. Ja, wir haben uns schon flüchtig gesehen bei dem Vortrag gestern, und bei der Beerdigung heute Morgen war ich auch."

„Ich habe es doch gewusst. Aber was führt Sie jetzt zu mir? Ich habe bereits einer Kollegin von Ihnen alles, was im Rahmen meiner Möglichkeiten liegt, mitgeteilt."

„Eben darum geht es. Sie haben ihr gegenüber ausgesagt oder besser vielleicht angedeutet, dass es sich bei dem Mörder Bergassers um einen jungen Mann handeln dürfte, der bei ihm in Behandlung war und bei dem es, wie Sie, glaube ich, ausführten, zu einer malignen ödipalen Übertragung gekommen sei."

„Ja, das ist korrekt."

„Da wir, wie Sie wissen, keine vollständige Aufstellung von Bergassers Patienten haben, ist diese Information leider unzureichend, um den Betreffenden eindeutig identifizieren zu können."

Federer hatte beschlossen, den Verdacht gegen ihn selbst erst einmal unerwähnt zu lassen, in der Hoffnung, weitere Details über den Mörder zu erfahren, die ihn entlasten könnten.

„Da muss ich Sie leider enttäuschen, junger Mann ..."

Die Art, wie sein Gegenüber fortwährend „junger Mann" sagte, fand Federer herablassend, oder war das eine Anspielung?

„Zum einen kenne ich diesen Patienten selbst ja gar nicht, da, wie ich bereits ausführte, ich mit seinem Fall nur im Rahmen einer Supervision, also indirekt, zu tun hatte. Und zum zweiten ist die analytische Gesellschaft zur Verschwiegenheit verpflichtet. Das ist, wie Sie bestimmt selbst wissen, im Gesetz so geregelt, und das ist gut so, würde, falls erforderlich, auch für Sie gelten."

Wieder so eine subtile Anspielung, allem Anschein nach wusste Gaudinsky, dass er der Patient mit dem Namen Federer auf Bergassers Liste war.

„Nur eine ernst zu nehmende Morddrohung wäre Anlass genug, die Schweigepflicht zu brechen. Auch das habe ich bereits Ihrer Kollegin eingehend erläutert."

Federer stieß auf eine undurchdringliche Mauer. Seinen Argumenten als Kriminalbeamter war der Analytiker nicht zugänglich. Freundlich bestimmt und aalglatt beharrte er auf seiner Weigerung, noch irgendetwas zu der Aufklärung beizutragen. Mit dem Blumengießen war er mittlerweile fertig, wobei er einige Pflanzen, besonders die Kakteen, regelrecht ertränkt, andere hingegen kaum bewässert hatte. Federer war irritiert über diese Unachtsamkeit, aber er durfte sich nicht ablenken lassen. Gaudinsky setzte sich und bot auch ihm an, Platz zu nehmen. „Platz!", sagte er wie zu einem Hund. Nicht direkt, aber Federer kam es so vor. So sanft und zerstreut der Professor einerseits zu sein schien, strahlte er andererseits eine subtile, herrische Autorität aus und wirkte dabei berechnend. Federer musste seine Karten offen auf den Tisch legen, anders kam er nicht weiter.

„Mein Problem besteht darin, dass auch ich Patient von Bergasser war und dass durch Ihre Aussage nun plötzlich der Verdacht auf mich fällt."

„Ich verstehe."

Sonst sagte er nichts.

„Schlimmer noch. Ohne die Patientenliste bin ich im Moment sogar als einziger unter Verdacht, obwohl ich doch unschuldig bin."

„Sind Sie da sicher? Wenn Sie wirklich unschuldig sind, dann kann man Ihnen doch nichts nachweisen."

„Leider habe ich für die betreffende Nacht kein Alibi und kann daher meine Unschuld nicht belegen. Ich muss unbedingt den wirklichen Täter finden oder zumindest einen weiteren Verdächtigen. Aus diesem Grund bin ich zu Ihnen gekommen."

„Ich habe Verständnis für Ihr Anliegen, doch ich muss Sie enttäuschen. Ich kann Ihnen keine zusätzlichen Auskünfte geben."

„Aber ich weiß, dass es zumindest noch einen anderen geben muss, einen jungen Mann ..."

„... den echten *jungen Mann*, wenn Sie bei Ihrer Formulierung bleiben wollen", ergänzte er in Gedanken.

„Er war bei der Beerdigung, sicher ist er Ihnen aufgefallen, er war ganz in Rot gekleidet."

„Ich bedaure. Ich werde keine weiteren Angaben machen."

Federer war verärgert, kam sich benutzt vor in einem Spiel, dessen Regeln er nicht kannte, noch nicht.

„Selbst wenn Sie mir nicht weiterhelfen wollen, gestatten Sie mir bitte zumindest die Frage, warum Sie überhaupt Ihren Verdacht zu Protokoll gegeben haben?"

„Dieser tragische Vorfall hat einen so großen Wirbel ausgelöst, dass er die Arbeit der psychoanalytischen Gesellschaft ernsthaft zu schädigen droht. Wer lässt sich schon ein auf eine Therapie bei einer Institution, deren Behandlungsräume während der Therapiezeiten polizeilich durchsucht werden."

Das klang plausibel. Und doch blieb eine Ungereimtheit.

„Eine letzte Frage habe ich noch. Sie haben angegeben, dass Bergasser wegen einer Supervision bei Ihnen gewesen sei. Doch weshalb sollte er gerade zu Ihnen gekommen sein, wo Sie doch eine ganz entgegengesetzte therapeutische Richtung vertreten?"

Die Gesichtszüge des Professors verfinsterten sich, sein Blick wurde stechender, seine Sprache schärfer.

„Selbst wenn Bergasser und ich nicht in allen Punkten der therapeutischen Arbeit einer Meinung waren, so sind, oder in seinem Fall eben tragischerweise waren, wir beide Psychoanalytiker aus Überzeugung und mit Erfahrung. Gerade weil ich andere Aspekte der Therapie in den Vordergrund stelle als er, kam er zu mir. Schließlich war er mit seinem Ansatz in eine Sackgasse geraten. Unabhängig davon haben wir uns auch regelmäßig zu einem fachlichen Diskurs getroffen. Sie und ich werden aber unser Gespräch an dieser Stelle beenden. Sie sollten nicht zu weit gehen, junger Mann. Ich verfüge über einflussreiche Verbindungen, wie Ihnen vielleicht bereits bekannt sein dürfte."

Das war ganz nach Federers Geschmack. Jeder in Wien berief sich bei erstbester Gelegenheit auf seine besonderen Beziehungen, glaubte oder behauptete von sich, solche zu haben, und meist stimmte es.

„Wenn mich mein Gespür nicht trügt, zeigt sich bei Ihnen ein nicht unbedeutendes Maß an Aggression mir gegenüber. Wie ich Ihnen eingangs sagte, habe ich den betreffenden Patienten Bergassers niemals selbst zu Gesicht bekommen. Ich weiß nur, dass die Therapie wegen übermäßiger ödipaler Aggression zu scheitern drohte, und ich kann mich des Eindrucks nicht erwehren, dass genau das auf Sie zutreffen könnte. Ich fordere Sie nun explizit auf zu gehen. Ich empfehle mich."

Federer war versucht, Gaudinsky auf den Kopf zuzusagen, dass er alles nur inszeniert habe, um sich selbst zu decken, Motive habe er schließlich. Aber Federer stand wortlos auf und fand sich auch schon, von der Sekretärin verabschiedet, vor der Eingangstüre wieder. Er war nun wirklich wütend, sehr sogar, hatte Gaudinsky also doch Recht? Nein, das war keine ödipale Problematik, sondern eine gesunde Reaktion auf die Art und Weise, wie er von dem Analytiker behandelt worden war. Korrekt, ja scheinbar entgegenkommend hatte der Professor sich ihm gegenüber präsentiert und war in Wirklichkeit äußerst abweisend gewesen. Doch er stellte es so dar, als liege der Grund dafür ausschließlich bei ihm, Federer. Was für ein Heuchler! Die ganze Pracht des Gebäudes hier im Stiegenhaus wirkte mit einem Mal abstoßend auf ihn, aber was konnte das Haus dafür, dass es solche Bewohner beherbergte?

Draußen fühlte er sich zurückversetzt an den Anfang. Wo sollte er nach dem roten Phantom suchen? Beinahe begann er selbst zu zweifeln, ob dieses nicht nur eine Einbildung, eine fantasierte Wunschvorstellung sein mochte, um ihn von dem furchtbaren Verdacht zu befreien. Aber er war ihm hinterher gerannt, hätte es beinahe erwischt. Halluzinationen lief man doch nicht nach, und selbst wenn, so weit war er noch nicht. Nur gab es keinen Anhaltspunkt, um den Unbekannten zu finden, außer, dass der offenbar die Nähe zu dem Ermordeten suchte. Sollte Federer ihm auflauern bei Bergassers Ordination? Das erschien ihm wenig aussichtsreich bei der begrenzten Zeit, die ihm noch blieb. Und wenn ihm der „Rote" dann wieder davonlief, oder, schlimmer noch, wenn er ihn zu fassen bekäme und sich womöglich herausstellte, dass der sicher nicht der Täter sein konnte? Stankovic hatte ihm geraten, sich für alle Fälle einen Anwalt zu besorgen.

Nein, er gab noch nicht auf. Mit Veras Hilfe würde er heute Nacht in die Räume der Wiener Gesellschaft für Psychoanalyse hineinkommen. Dort würde er hoffentlich die Liste finden und damit die Identität des Rotgekleideten lüften.

Mit einem Mal war die ganze Stadt erfüllt vom spätnachmittäglichen Glockengeläut. Einige Minuten lang herrschte ein gigantisches Konzert, das selbst die dicken mittelalterlichen Mauern des Hauses, in dem Federer wohnte, durchdrang. Er war am Franziskanerplatz angekommen und ging hinauf in seine Wohnung, wo er alle Fenster öffnete, um ein regelrechtes Klangbad zu nehmen, fast so, als könne der himmlische Schall sein Hirn durchfluten und reinwaschen von den Sorgen seiner irdischen Existenz.

Auf seinem Anrufbeantworter waren zwei Nachrichten.

Cecilia hatte sich vom Flughafen in Rom aus gemeldet. Ihr Flug habe sich leider verspätet. Sie müssten sich direkt beim Dinner treffen, was sie bedauere, aber anschließend hätten sie ja Zeit füreinander. Die Einladung sei um neunzehn Uhr. Marilyn sei ebenfalls willkommen, ihre Freundin, Nora Gaudinsky, sei ein echter Hundenarr. Dann nannte sie ihm noch die genaue Adresse, im neunten Bezirk, gleich hinter der Votivkirche. Den Namen des Gastgebers hatte Federer nicht verstanden, er hatte ungarisch geklungen. Er würde die richtige Wohnung dennoch problemlos finden, da in Wien jede Anschrift durch Hausnummer, Stiegennummer und Türnummer genau chiffriert war. So konnte sie anonym bewohnt und dennoch postalisch erreicht werden, eine der vielen verbliebenen alten Traditionen. Trotzdem versuchte Federer sofort, Cecilia auf ihrem Handy zu erreichen, und er hatte Glück, sie war gerade in Wien gelandet. Ja, Nora sei die Exfrau von Professor Gaudinsky, dem Psychoanalytiker, alles weitere dort. Wien war klein.

Die zweite Nachricht war von Vera. Sie werde um Mitternacht vor dem Gebäude der analytischen Gesellschaft in der Seilerstätte auf ihn warten. Ein früherer Zeitpunkt sei ungünstig, da abends meist noch irgendwelche Sitzungen oder Besprechungen dort stattfänden.

Bis Mitternacht würde er das Essen verlassen können, ohne allzu unhöflich zu sein. Sollte er Cecilia mitnehmen in die Wiener Gesellschaft für Psychoanalyse? Das erschien ihm nicht sonderlich ratsam. Er legte sich seine Abendgarderobe zurecht, bürstete Marilyn das Fell, ohne ihr zerzaustes Aussehen dadurch nachhaltig zu beeinflussen, und zog sich dann um. Gerade noch rechtzeitig vor Ladenschluss kam er in dem kleinen Blumengeschäft am Stephansplatz an, wo er sich ein exotisch anmutendes Gebinde zusammenstellen ließ. Während er an der Kasse stand und zahlte, starrte ihn ein weißer Tropenfrosch an, der dort Tag ein, Tag aus in einer Glasschüssel saß. Wie er dorthin gekommen war, wusste Federer nicht, nur, dass er dort war, solange er zurückdenken konnte, ein Albinofrosch als lebendes Wahrzeichen.

Jetzt konnte er sich Zeit lassen, schlenderte über Graben und Freyung, wollte keinesfalls zu früh bei der Abendgesellschaft eintreffen, nicht nur der Höflichkeit wegen, sondern auch weil er dort niemanden kennen würde.

Er war ausreichend langsam, durchquerte den Sigmund-Freud-Park spät genug und fand gleich die gewünschte Adresse.

22

Vor dem Haustor wartete bereits ein Pärchen; ein Mann, dessen Alter er auf Ende dreißig schätzte, und eine Frau, die annähernd doppelt so alt sein musste. Nachdem die Scheu des ersten Aufeinandertreffens verflogen war, stellte sich heraus, dass die beiden ebenfalls zu dem Dinner eingeladen waren. Auf ihr Läuten hin öffnete sich die Haustür, und sie wurden gebeten, in den dritten Stock hinaufzukommen. Vor dem Lift bestand die ältere Dame darauf, die Stiegen zu nehmen.

„Sie leben sehr gesund?"

„Nein, ich bin seit kurzem klaustrophobisch."

„Särge", ergänzte ihr Begleiter, der ihr auf ihrem langsamen Anstieg unter die Arme griff, den sie schnaufend, Stufe für Stufe, auf jedem Absatz verweilend, bewältigte, während Federer den Hund zum Vorwand nahm, um sich für den Aufzug zu entscheiden. Er hatte an diesem Tag bereits oft genug in Schweiß gebadet.

Oben begrüßte ihn die Gastgeberin mit überschwenglicher Freundlichkeit, obwohl sie ihn noch nie in ihrem Leben gesehen hatte. Sie war jenseits mittleren Alters, auch nicht mehr ganz schlank, und hatte eine Haarfarbe, die einem Rubin zur Ehre gereicht hätte. Er hatte sie schon einmal gesehen, aber wo?

„Entschuldigen Sie bitte meine Verspätung, aber ich bin zurzeit mit einem Fall beschäftigt, der mich vollkommen in Anspruch nimmt."

Er überreichte ihr den Blumenstrauß, den sie gleich an eine hinter ihr wartende Bedienerin weitergab.

„Haben Sie ganz herzlichen Dank. Kommen Sie doch bitte herein. Darf man fragen, um was für einen Fall es sich handelt?"

„Ich bin Kriminalbeamter am Morddezernat. Ein Psychoanalytiker ist ermordet worden. Sie werden bestimmt schon aus den Medien davon gehört haben."

„Aber sicher, das ist ja interessant. Bergasser, ich habe ihn gekannt. Bevor ich meinen István kennen gelernt habe, war ich mit einem Analytiker verheiratet, Professor Gaudinsky, vielleicht sind Sie ihm schon begegnet."

„Cecilia hat mir schon davon berichtet. Dann habe ich Sie vielleicht bei einem Vortrag der WGP gesehen? Sie kommen mir irgendwie bekannt vor."

„Nein, da halte ich mich schon lange nicht mehr auf. Aber dass Sie mein Gesicht kennen, ist nicht ungewöhnlich. Ich arbeite beim Fernsehen ..."

„Aber ja, *Hundepension*. Sie sind die gute Fee, die verlassenen Hunden ein neues Heim vermittelt."

Sie war geschmeichelt.

Die Bedienerin reichte ihm ein Glas Sekt. Aus dem Salon drang Klaviermusik, Liszt, zweite Ungarische Rhapsodie. Draußen fiel das spätabendliche Sonnenlicht auf die Dächer der Stadt und hüllte sie in rotes Gold. Durch die offenen Fenster wehte eine wohltuende, nicht mehr zu warme Brise herein. Dort stand sie. Cecilia, ihre Augen, ihre Lippen, das Licht; sofort war er gefangen von ihrem Anblick. Sie war in ein Gespräch vertieft mit einem älteren Herrn, der nun auf ihn zutrat und sich als Hausherr zu erkennen gab. Er empfing Federer als seinen Gast betont würdevoll, während Marilyn in stürmischer Begeisterung auf Cecila zurannte. Als Hund war sie frei, das auszuleben, was ihr Herrchen gerade empfand. Wie lange Cecilia und er sich nicht gesehen hatten, viel zu lange. Jede Sekunde, die sie getrennt gewesen waren, kam Federer verloren vor, wie nicht gelebte Lebenszeit. Sein Anstand verlangte von ihm, dass er die Willkommensworte des Hausherren erwiderte, aber in Gedanken war er nur bei seiner Geliebten.

„Ciao caro."

Sie war ihm entgegengekommen, erlöste ihn aus der Verpflichtung zu belangloser, wenn auch kunstvoller Konversation. Der Hausherr überließ die beiden daraufhin sich selbst und wandte sich dem ungleichen Pärchen zu, das gerade erst seinen langen Weg die Treppen hinauf beendet hatte.

„Wie ich mich freue, dich zu sehen."

Eigentlich wollte er ihr mehr sagen, viel mehr, aber er fand niemals die richtigen Worte.

„Wann bist du hier eingetroffen?"

„Leider sehr spät. Mein Gepäck ist in Rom liegen geblieben, und so hatte ich nicht einmal mehr Zeit, mich in meiner Wiener Wohnung umzuziehen. Aber ich bin schon ewig lang mit Nora befreundet und habe mich daher hier bei ihr frisch machen können. Habt ihr euch schon kennen gelernt?"

„Ja, vorhin."

„Sie ist eine alte Freundin von mir, noch aus Studienzeiten. Sie ist dann zum Fernsehen gegangen, und sie schreibt Bücher, malt, singt sogar gelegentlich auch – was uns ..."

Jetzt flüsterte sie lächelnd.

„... unter uns gesagt hoffentlich heute Abend erspart bleibt. Sie ist eines von diesen in Wien recht verbreiteten selbst ernannten Multitalenten, denen das Publikum zu Füßen liegt, egal, was sie auch aufführen. Aber sie lebt ausgesprochen gut davon. Doch vor allem hat sie unglaublich viel Herz, und das macht sie einfach sympathisch. Früher war sie mit einem Analytiker verheiratet, seit einigen Jahren lebt sie jedoch mit István zusammen. Obwohl er viel Wert auf seine gesellschaftliche Stellung legt, toleriert er all die Flausen von Nora. Die beiden sind ein herrlich ungleiches Paar. Seine Familie stammt irgendwo aus dem Osten Ungarns, und nach jahrelangen zähen Verhandlungen mit der Regierung in Budapest ist es ihm vor einigen Monaten endlich gelungen, den Stammsitz seiner Familie zurückzukaufen. Das Schloss ist natürlich ziemlich heruntergekommen, aber er hat bereits mit der Renovierung begonnen, und nun sucht er nach passenden Gegenständen für die Einrichtung. Nora hat sich daran erinnert, dass ich im Kunsthandel arbeite, und so bin ich heute hier ..."

Ein ohrenbetäubendes Gebell unterbrach ihr Gespräch. Marilyn bemühte sich gerade, den beiden Doggen des Hauses klar zu machen, dass während ihres Besuchs das Recht des Stärkeren und damit Dackelrecht zu gelten habe. Trotz des enormen Größenunterschiedes – sie war ja nur ein etwas zu groß geratener Zwergdackel – setzte sie sich spielend durch. Federer war heimlich stolz auf sie, er konnte noch einiges von ihr lernen. Zum Glück hatte Nora Verständnis und rief ihre beiden Schützlinge namens „Jokaste" und „Ödipus" in ein Nebenzimmer. Dann brachte sie Marilyn einen Kauknochen und streichelte sie.

„Die ist ja niedlich. Meine beiden haben einfach keine Courage. Sie sind noch ein Relikt aus meiner Ehe mit Gaudinsky, daher die Namen. Die beiden sind Mutter und Sohn."

Sie zwinkerte und warf einen Seitenblick auf das ungleiche Pärchen, das er eingangs getroffen hatte. Dann entschuldigte sie sich, weil es geläutet hatte.

„Cecilia, kann ich dich kurz unter vier Augen sprechen?"

Sie missverstand ihn.

„Ich glaube, das ist hier wirklich nicht der richtige Ort."

„Aber ich muss unbedingt ..."

„Das geht mir doch genauso", unterbrach sie ihn mit einem wissenden Schmunzeln.

„Nein, du verstehst mich falsch. Ich muss mit dir reden."

Sie war sichtlich enttäuscht.

„Natürlich nicht nur, aber im Moment ..."

„Reden können wir doch auch hier."

„Eine ruhige Ecke, nur ein paar Worte."

„Dann lass uns da vorne hineingehen."

Sie gingen hinüber in den kreisrunden Salon, wo sie ungestört waren. Die Gelegenheit schien verlockend, doch er musste ihr zuerst erzählen, in was für eine prekäre Lage er hineingeraten war.

„Ich hatte dir am Telefon angedeutet, dass ich zurzeit in ernsthaften Schwierigkeiten bin. Ich soll meinen Analytiker Doktor Bergasser ermordet haben."

Sie lachte schallend auf.

„Du ein Mörder?"

„So verrückt sich das auch anhört, ich stehe unter Verdacht. Sogar mein Vorgesetzter scheint mich inzwischen für den Täter zu halten. Er hat mir vierundzwanzig Stunden Zeit gegeben, um meine Unschuld zu beweisen, nur bisher habe ich noch nichts erreicht. Heute um Mitternacht muss ich in die Räume der analytischen Gesellschaft, um dort an Unterlagen zu kommen. Es gibt jemanden, der mich hineinlässt. Und sag, glaubst du, es wäre machbar, dass ich heute beim Essen neben Nora sitzen kann? Ihr Exmann, Professor Gaudinsky, ist zufällig der Analytiker, der mit seiner Aussage überhaupt erst den Verdacht auf mich gelenkt hat, und vielleicht kann ich durch sie herausfinden, was er damit bezwecken mag."

„Das lässt sich sicher arrangieren. Aber ich begreife nicht, wie du überhaupt in so eine Lage hineingeraten konntest und wieso es dir schwer fällt, sie zu klären?"

„Der Mörder war laut Gaudinsky ein Patient von Bergasser. Da die Patientenliste aber wegen der Schweigepflicht von der WGP zurückgehalten wird, bin ich zurzeit der einzige, der als Verdächtiger in Frage kommt."

„WGP?"

„Die Wiener Gesellschaft für Psychoanalyse."

„Dann musst du also nur die Liste finden ..."

„So einfach ist das leider nicht, weil sie in einem Tresor verschlossen aufbewahrt wird. Und ich habe für die Mordnacht kein Alibi, ich war allein zu Hause. Schlimmer noch ..." Er zögerte. „... Ich war an dem Abend aus gewesen und hatte einiges getrunken ... und ein wenig Marihuana geraucht ..."

„Du hast was? So kenne ich dich ja gar nicht. Was war denn mit dir los?"

„Ich hatte eine Frau kennen gelernt. Ich war so einsam. Aber es war nichts an dem Abend ..."

Mehr wollte sie nicht hören. Eine gewisse Spannung lag in der Luft.

„Ist schon gut. Jetzt lass uns erst einmal dafür sorgen, dass du neben Nora zu sitzen kommst."

Gesagt, getan. Sie verließen den Salon. Cecilia ging zu Nora und tuschelte mit ihr, woraufhin diese kurz im Speisezimmer verschwand. Mittlerweile waren noch ein Pater und eine Dame aus einem Ministerium zu der Abendgesellschaft hinzugestoßen, und alle wurden miteinander bekannt gemacht. Die Gästeschar war vollzählig, und es wurde zum Essen gebeten.

An der riesigen Tafel, die in der Mitte prachtvoll von einem ausladenden Blumengesteck geschmückt war, saß Federer nun zwischen Nora und der Ministerialbeamtin. Während Nora sich um das Wohlergehen des Geistlichen mühte, fand Federer trotz mehrfacher Anläufe den ganzen Abend über kein gemeinsames Konversationsthema mit der Dame zu seiner Linken. Sie arbeite im Verteidigungsministerium, forderte gleich zu Beginn, dass Frauen endlich zu Kampfeinsätzen zugelassen werden müssten. Seit ihrer Kindheit träume sie davon. Auch schimpfte sie über die Querelen im Parlament. Es sei kein Wunder, dass die Buslinie 48A ihre beiden Endstationen am Parlament und am Steinhof, der Irrenanstalt, habe. Federer war erleichtert, als sie schließlich in dem offenbar im Zuhören geübten Sohn des ungleichen Paares einen Konversationspartner fand, bei dem sie sich alles frei von der Seele reden konnte.

Cecilia saß neben István und unterhielt sich augenscheinlich angeregt mit ihm.

Schon wurde die Vorspeise aufgetragen, ein ausgelöster Hummerschwanz, garniert mit zwei Wachteleihälften. Die ältere Dame war wohl bereits recht schwerhörig, denn sie warf ihrem Sohn eine diskret gemeinte, aber für jeden hörbare Bemerkung zu:

„Das schaut ja fruchtbar aus."

Natürlich hatte sie „furchtbar" sagen wollen, aber ihr Versprecher traf das Arrangement viel eher. Ihr Sohn schien Äußerungen dieser Art gewohnt zu sein, denn er war in keiner Weise verlegen. Anders der Pater, der sich nervös mit seiner Serviette die Lippen abtupfte, obwohl er noch gar nichts gegessen hatte.

„Ja, Mama", war alles, was der Sohn entgegnete.

Mit breitem ungarischem Akzent begrüßte der Hausherr die Gäste noch einmal offiziell und prostete ihnen zu mit dem Wein aus „der alten Heimat", wie er sagte. Alle kosteten genussvoll. Auch das Essen mundete vorzüglich. Lautlos schwirrten die beiden Kellner umher, deckten auf und ab, füllten die Gläser, die sich zügig leerten. Noch war es Federer nicht gelungen, mit Nora ins Gespräch zu kommen, zu sehr war sie um den Pater bekümmert, sei es aus Angst um ihr Seelenheil oder weil sie damit gesellschaftlichen Verpflichtungen genügte.

Als die Kellner nach dem Servieren der Suppe, eines Gurkensüppchens à la neige, gerade wieder in der Küche verschwunden waren, war wieder die Dame zu vernehmen:

„Ich glaube, die Kellner haben was miteinander."

„Das ist Eischnee in der Suppe, Mama."

Der bemitleidenswerte Pater hätte nun selbst der Seelsorge bedurft, denn wie konnte er eine betagte Dame verurteilen?

Da war von draußen Stöhnen und Hecheln zu vernehmen. Die Kellner waren zum Auftischen der Hauptspeise zurückgekehrt, einer mit getrüffelter Gänseleber gefüllten Entenbrust. Nora konnte ihre Gäste beruhigen.

„Das sind nur meine beiden Schätzchen."

Selbst Federer fand die Abendveranstaltung jetzt unkonventionell.

Am Kopfende der Tafel hatte István inzwischen so ausgiebig dem blutroten Tropfen seiner Muttererde zugesprochen, dass er Cecilia in eine philosophische Grundsatzdiskussion über gesellschaftliche Werte verwickelte, was sie in disziplinierter Geduld über sich ergehen ließ.

„Es sind einfach die falschen, die heutzutage Kinder in die Welt setzen. Überall können Sie sie sehen, diese kleinen Kreaturen, in deren Gesicht geschrieben steht: ‚Ich werde einmal ein Versager' ..."

Er nickte bestätigend zu seinen Worten und trank weiter.

Da entschuldigte sich der blass gewordene Geistliche, er müsse sich die Hände waschen, und Nora hatte Gelegenheit, sich Federer zu widmen.

„Entschuldigen Sie bitte, dass ich bisher noch gar nicht dazu gekommen bin, mich mit Ihnen zu unterhalten, aber ich musste mich ein wenig um den Pater kümmern. Er ist ein entfernter Verwandter meines Mannes und neu hier in Wien. Er kommt geradewegs aus einer Abtei im Waldviertel, und die Umstellung auf das Leben in der Stadt fällt ihm nicht ganz leicht. Doch zu Ihnen: Cecilia hat mir bereits einiges von Ihnen erzählt ..."

Ihr Blick verlieh ihren Worten eine pikante Note. Federer musste sich konzentrieren, weil er die Schwere des Weines unterschätzt hatte. War das ihr Bein, oder war es das Tischbein, das sich gegen seinen Schenkel presste?

„Ich, ja ..."

Es war das Tischbein, Federer war erleichtert.

„Sie sprach von Ihren hervorstechenden Eigenschaften ..."

Da kehrte der Pater zurück, und das Dessert, eine Mohnschnitte mit eingelegten Rosinen, wurde aufgetragen. Als schließlich auch der letzte Gang des Dinners zivilisiert verschlungen worden war, wurde die Tafel aufgehoben, und man begab sich in den Salon zu Kaffee und Petits fours. Federer konnte endlich in Ruhe mit Nora sprechen.

„Sie haben vorhin erwähnt, dass Sie mit Professor Gaudinsky verheiratet waren. Ich habe ihn in der Tat bereits getroffen, eine faszinierende Persönlichkeit, aber ich werde ehrlich gesagt nicht ganz schlau aus ihm."

„Sie haben ihn gesehen? Wie geht es ihm denn?"

„Ich war heute in seiner Ordination."

„Hat er dort immer noch diese Unmengen an Pflanzen, die er alle umbringt? Er hat einfach kein Gespür für sie. Er weiß nicht, wie er sie behandeln muss, und dabei hat er sie so gern. Sie sind die einzigen Wesen, die nicht unablässig ihre Probleme bei ihm abladen. Wissen Sie, so wie die Tiere liebe ich auch Blumen, und ich konnte es nicht mehr mit ansehen, wie sie unter seinen Händen alle eingingen. Sicher war das nicht der einzige Grund für unsere Trennung, aber so kalt er auch wirken mag, er ist im Grunde ein sensibler Mensch. Nur hat er nie gelernt, seine Sensibilität wirklich zuzulassen. Er verschanzt sich hinter seiner intellektuellen Größe. Ich war die Art von Frau, nach der er sich sein ganzes Leben lang gesehnt hat, doch er war unfähig, mit mir zu leben, konnte die Wärme, die ich ihm gab, niemals annehmen. Er selbst sprach davon, dass er an einem CWS, einem *Cold Women Syndrome* leide. Schon seine Mutter und seine Großmutter waren in Gefühlsdingen wahre Eisberge, und er hat diesen Frauentypus nie wirklich überwunden. Stattdessen hat er zahlreiche Forschungsarbeiten über sein Syndrom und damit letztlich immer wieder über sich selbst geschrieben. Wenn es um neue Erkenntnisse geht, ist er selbst sein dankbarster Patient. Doch schon Freud hat so gearbeitet, und Victor ist so stolz darauf, dass er in der analytischen Gesellschaft der letzte echte *Enkel* von Freud ist, das heißt, sein Lehranalytiker lag noch bei Freud persönlich auf der Couch, vor dem Krieg ..."

Sie erzählte in einem fort, war allem Anschein nach gewohnt, dass man ihr zuhörte.

„... Jetzt ist er zusammen mit dieser Doktor Zumbrich. Die passt sicher viel besser zu ihm. Ich habe sie einige Male bei Veranstaltungen gesehen und finde sie sanft wie eine Stahlklinge. Ich selbst bin auch viel glücklicher hier bei meinem István ..."

„Und seine Arbeit, was bedeutet ihm seine Arbeit?"

„Sie gibt ihm die Möglichkeit, mit Menschen zusammenzusein, ohne ihnen allzu nahe zu kommen. Er ist ein Vertreter der abstinenten Linie innerhalb der WGP, hier und da ein gezielter Einwurf und die aufgestaute Aggression des Patienten schön zur Entfaltung kommen lassen, aber immer auf Abstand, wenn es um echte Beziehung geht."

Da passte er hervorragend zu Zumbrich, das konnte Federer bestens nachvollziehen.

„Ich habe gehört, dass er die Absicht hat, Präsident der analytischen Gesellschaft zu werden. Ist er denn sehr ehrgeizig?"

„Ich glaube, ihn treibt weniger Ehrgeiz an als ein Streben nach Wahrheit und Ordnung. Er versteht sich als Gralshüter der reinen Lehre oder dessen, was er und einige andere dafür halten. Alles muss streng nach Plan ablaufen, auch eine Analyse. Nichts darf sich außerhalb der Regeln bewegen, sonst ist etwas falsch und gehört korrigiert. Es ist ein fast missionarisches Sendungsbewusstsein, das ihn motiviert, nicht die Karriere oder die damit verbundenen Lorbeeren."

Federers Bild von Gaudinsky gewann an Konturen, aber nichts davon half ihm weiter. Wie ein Mörder wirkte der Analytiker in Noras Schilderung nicht.

„Und Zumbrich? Er ist jetzt mit ihr zusammen, sagten Sie?"

„Ja, sie entspricht hundertprozentig seinem Frauenbild. Sie ist ein richtiger Drachen. Nun, das ist kein Wunder bei dem, was sie selbst durchmachen musste. Ich weiß nicht, ob Sie davon gehört haben, aber ihr Vater war während der Nazizeit lange in Theresienstadt. Ausgerechnet ein jüdischer Nachbar, der wohl versucht haben muss, seine eigene Haut zu retten, soll ihn verleumdet haben. Als er abgeholt wurde, war seine Frau, eine Enkelin von Gustav Mahler, gerade in England und blieb dann dort, bis der Krieg vorbei war. Die beiden versuchten mit einem Kind ihre Ehe zu retten, eben Erna Zumbrich. Doch er hat seine schrecklichen Erlebnisse nie überwunden und seine Frau und seine Tochter mit brutalsten Aggressionen überschüttet. Deshalb hasst Zumbrich ihren Vater abgrundtief, man darf ihn nicht einmal erwähnen in ihrer Gegenwart. Sie war sogar einmal für kurze Zeit verheiratet, wie böse Zungen behaupten, nur um den Familiennamen ihres Vaters loszuwerden. Für sie existiert nur der mütterliche Teil ihrer Familie, und dessen Namen hängt sie auch gerne dem ihren an: Zumbrich-Mahler. Gustav Mahler ist ein Gott für sie, ein Antivater, wenn Sie so wollen. Sie ist sehr aktiv in einem Verein zur Pflege seines Andenkens, lässt an allen möglichen Häusern Tafeln anbringen, versorgt sein Grab mit frischen Blumen, organisiert Sonderkonzerte im Konzerthaus und so weiter. Sein Erbe ist ihr heilig. Auch meinen Exmann vergöttert sie, spricht von ihm immer nur von dem *Professor.* Aber sie selbst als Analytikerin kann ich mir ehrlich gesagt nicht so recht vorstellen, ich kann sie nicht ausstehen. Unter uns gesagt, glaube ich, dass sie tief im Innern viel verstörter ist, als sie nach außen hin den Anschein vermittelt ..."

Wie sich ihre Beschreibung mit seinem eigenen Eindruck deckte, Federer wurde nachdenklich. Oder war Nora doch uneingestanden eifersüchtig auf Zumbrich? Er hätte sie gerne noch mehr gefragt. In Wien gab es niemanden, über den nicht irgendwelche diskreten Indiskretionen in Umlauf waren, die auch den Betroffenen irgendwann zu Ohren kamen, ohne dass sie sich dagegen wehrten, unabhängig davon, ob sie stimmten oder nicht. Hauptsache, man blieb im Gespräch, und nicht selten hatte eine erfundene Geschichte einen höheren Wahrheitsgehalt als reale Begebenheiten, weil sie auf den Punkt brachte, was die Realität verschleierte. Doch da fiel sein Blick auf eine Fotografie in einem kleinen Silberrahmen. Federer hätte sich beinahe an seinem dritten Kaffee verschluckt. Es bestand kein Zweifel, auf dem Foto war Vera zu sehen und gemeinsam mit ihr vor einem Motorrad der Schnauzbärtige.

„Verzeihen Sie bitte, aber wer ist denn das?"

„Das ist Salomon, mein Sohn aus meiner Ehe mit Victor, zusammen mit seiner früheren Verlobten auf einer Reise durch Italien …"

Das Konzert, der Galeriebesuch, der Vortrag und der Unfall mit dem Motorradfahrer, Federer begann zu begreifen.

„… Leider sind die beiden nicht mehr zusammen. Er war ihr vollkommen verfallen, und ich befürchte, er ist es immer noch. Aber sie hat sich von ihm getrennt, nachdem sie mit ihrer Analyse bei Zumbrich begonnen hatte."

Der Sohn von Gaudinsky hatte ihn und Vera die ganze Zeit über verfolgt.

„Und wie steht ihr Sohn zu seinem Vater?"

„Er war bei meiner Scheidung von Victor schon erwachsen und hat die Trennung ohne Probleme verkraftet. Aber dass sein Vater jetzt mit Zumbrich liiert ist, verzeiht er ihm nicht. Er gibt Zumbrich die Schuld dafür, dass Vera ihn sitzen gelassen hat."

Federer musste ja Vera treffen, hatte das beinahe vergessen. Es war bereits halb zwölf, und er entschuldigte sich bei Nora dafür, dass er leider gehen müsse. Sie ließ ihn nur widerwillig ziehen, wann fand sie schon einen Mann wie ihn, der so bereitwillig zuhörte? Federer war sich jetzt sicher, dass sie Gaudinsky noch vermissen musste.

Entgegen seinem Vorschlag, hier auf ihn zu warten, bestand Cecilia darauf, ihn zu begleiten. Er hielt das für keine gute Idee, aber sie setzte sich durch. Es blieb keine Zeit für Diskussionen. Wenn sie mitkam, musste er auch Marilyn mitnehmen. Sollte er da nicht gleich die ganze Abendgesellschaft einladen zu einer nächtlichen Besichtigungstour durch die Räume der berühmten Wiener Gesellschaft für Psychoanalyse? Federer seufzte.

23

Die Verabschiedung dauerte vor lauter Freundlichkeit und Herzlichkeit ewig, und so kamen sie zu spät und in gedämpftem Laufschritt – der Wein hatte es wirklich in sich gehabt – in der Seilerstätte an. Vera wartete noch, Federer war erleichtert. Sie trug ihre blonde Perücke und reagierte frostig überrascht über seine unerwartete Begleiterin. Auch Cecilia konnte den Reizen dieser nächtlichen Begegnung nichts abgewinnen:

„Ich bin hier wohl irgendwie überflüssig."

„Ja", „Nein". Vera und er antworteten gleichzeitig. Die Stimmung war geklärt, gerettet war sie nicht.

„Du bist ja blond?"

Federer war überrascht, dass Vera mitten in der Nacht ihr attraktives und unzweifelhaft verführerisches Äußeres präsentierte. Cecilia hatte den Eindruck, er wolle sie für dumm verkaufen.

„Natürlich ist sie blond."

„Ich habe das zur Tarnung gemacht, sollte uns jemand entdecken."

War das wirklich der Grund? Federer konnte sich auch einen anderen ausmalen. Cecilia suchte das direkte Gespräch mit Vera.

„Ja sicher, sonst sind Ihre Haare wohl schwarz."

Federer musste jetzt unbedingt eine Eskalation verhindern, zu viel hatte er zu verlieren.

„Ich schlage vor, dass wir erst einmal hineingehen."

Vera schloss die Tür zum Hofeingang auf, von dem aus sie seitlich in das Stiegenhaus gelangten. Die Wiener Gesellschaft für Psychoanalyse befand sich im Mezzanin, während im Erdgeschoß ein Nachtklub lag, aus dem trotz oder gerade wegen der späten Stunde Animationsmusik heraufdrang und auch die Räume der analytischen Gesellschaft mit gedämpftem rhythmischem Stöhnen und Keuchen durchflutete. Cecilia warf ihm einen Blick zu, als sei er nun auch noch für die Musik verantwortlich. Wie erwartet waren sie allein. Vera schaltete das Licht an und fragte ihn, wonach er suchen wolle.

„Vor allem nach der Liste mit den Patienten von Bergasser."

„Die ist sicher im Tresor eingeschlossen. Du hast Glück, ich bin mit unserer Sekretärin befreundet und weiß, wo sie den Schlüssel versteckt hält. Ich kümmere mich darum und mache dir eine Kopie. Schau dich inzwischen um, ob du sonst noch etwas finden kannst, was dir weiterhilft. Ich werde auch die Unterlagen der Sekretärin durchstöbern, aber das mache ich besser allein. Ach, und wenn du etwas anrührst, leg bitte alles wieder so hin, wie es war, damit nicht irgendein Verdacht entsteht. Nach der Durchsuchung gestern sind alle hier zurzeit besonders heikel."

Federer wollte darauf hinweisen, dass er bei der Polizei und mit diskreter Arbeit vertraut sei, aber das war seit dem Auftritt seiner Kollegen sicher kein überzeugendes Argument mehr. Cecilia und Marilyn blieben bei ihm.

„Ich kann jetzt verstehen, dass du Tag und Nacht nur an deine Arbeit denkst", zischte Cecilia.

Er ignorierte ihren Seitenhieb. Immerhin war sie diejenige, die in Italien hatte bleiben wollen. Sie konnte wohl kaum erwarten, dass sein Leben stillstand, bis sie sich irgendwann wieder meldete. Aber das war jetzt nicht der Punkt. Ihm blieben noch etwa vierzehn Stunden, um seine Unschuld zu beweisen. Für einen privaten Streit war hier weder der richtige Ort noch der Zeitpunkt gut gewählt, er musste sie ablenken.

„Wir müssen versuchen, so viel wie möglich zu Bergasser zu finden, zu seiner aktuellen wissenschaftlichen Arbeit oder zu was auch sonst. Könntest du dich vielleicht in der Bibliothek umsehen?"

Widerwillig folgte sie seinem Vorschlag, und er begann, die anderen Räume nach brauchbaren Hinweisen abzusuchen. An einem schwarzen Brett fand er Vorankündigungen für Kongresse und Seminare, „Scientific Masturbation" in Glasgow, „Das Leben nach der Geburt" in Illmitz – Weinverkostung inklusive –, aber nichts hatte mit Bergasser zu tun. Hatte der Analytiker nicht an einem Bericht über das Archiv gearbeitet? Federer ging zu Vera, um nach dem Archiv zu fragen, als diese eine Entdeckung machte. In den Unterlagen der Sekretärin fand sie das Schreiben eines Rechtsanwalts an die Wiener Gesellschaft für Psychoanalyse, in dem er sich als Testamentsvollstrecker Bergassers zu erkennen gab und mitteilte, dass sein Mandant für den Fall seines Ablebens, der nun bedauerlicherweise eingetreten sei, sein gesamtes Vermögen dem Projekt „Shuttle Analyse" hinterlassen habe, als Unterstützung für den Wiederaufbau der Psychoanalyse in den Ländern des ehemaligen Ostblocks. Das war doch das von Gaudinsky geleitete Projekt. Ob er von dem Testament gewusst hatte?

Da hörten sie, wie ein Schlüssel von außen in die Eingangstüre gesteckt wurde.

„Wir müssen uns verstecken."

Vera stürmte in Panik aus dem Sekretariat, Federer löschte das Licht und eilte ihr nach zu Cecilia, die zusammen mit Marilyn noch in der Bibliothek war. Auch dort drehten sie das Licht ab, die Lampe im Flur mochte jemand brennen gelassen haben. Marilyn begann zu kläffen. Federer versuchte sie unter seinem Jackett zur Ruhe zu bringen, aber es gelang ihm nicht. Der Hereinkommende merkte sofort, dass er nicht allein war.

„Hallo?! Ist dort jemand? Hallo!"

Der Hund wand sich frei aus Federers Umklammerung und sprang freudig auf den späten Besucher zu.

„Wartet hier, ich komme wieder."

Geistesgegenwärtig warf Vera Federer ihre Perücke zu und folgte dem Hund.

„Grüß Sie, Herr Professor Gaudinsky. Das ist ja ein Zufall, dass wir uns hier so spät noch treffen. Ich war gerade dabei zu gehen, hatte mir in der Bibliothek noch einige Arbeiten zur Ich-Spaltung durchgelesen ...".

„Ihr Thema", dachte Federer.

Gaudinsky wirkte ein wenig zerstreut, schien aber nicht überrascht, hier mitten in der Nacht noch jemanden anzutreffen.

„Das ist sehr lobenswert. Aber eine junge Dame wie Sie, Vera, sollte doch noch andere Interessen haben zu so später Stunde."

„Ach, Sie wissen ja, wie das ist. Wenn man einmal mit dem Lesen begonnen hat, kommt man nicht mehr davon los. Doch ich mache mich jetzt auf den Weg."

„Ist das Ihr Hund?"

„Ja, mein kleiner Dackel Milli."

Sie rief Marilyn zu sich, die ohne Zögern auf den neuen Namen hörte, und verabschiedete sich mit einem freundlichen „Gute Nacht".

Die Tür fiel ins Schloss, und Federer und Cecilia blieben zurück, ebenso wie Gaudinsky. Ob der den Hund wiedererkannt hatte? Von der Bibliothek aus war er nicht zu sehen. Sie hörten nur, wie er eine Tür öffnete, wahrscheinlich die Tür des Archivs. Dann vernahmen sie nichts mehr außer einem gedämpften Rascheln, er schien sehr in seine Lektüre vertieft.

Zusammengekauert saßen sie auf dem Fußboden der Bibliothek. Es war eine Ewigkeit her, dass sie sich so nah gewesen waren.

„Mein kleiner Mörder, komm und kill mich", flüsterte sie ihm ins Ohr, an dem sie daraufhin sanft zu knabbern begann. Seine Gänsehaut entsprang nicht der Furcht vor Entdeckung. Sie nahm seine Hand und legte sie behutsam unter ihren Rock. Anders als er trug sie keine Unterwäsche. Unter dem Spiel seiner Finger begann sie lustvoll zu atmen und schon bald regelrecht zu stöhnen, was sonst gar nicht ihre Art war. Musste das jetzt sein? War sie so erregt durch die Umgebung, durch ihre lange Trennung oder durch ihre Eifersucht auf Vera? Solange sie sich dem Rhythmus der eindeutigen Musik anpasste, ließ Federer sich ein auf ihr Begehren. Doch sie wurde schneller, eilte der Musik voraus. Das musste auffallen. Federer wurde nervös, die Stimmung drohte zu kippen. Er hörte Schritte, Gaudinsky war offenbar fertig, verließ das Archiv. Nur schwer gelang es Federer, reglos mit Cecilia zu verharren, sie durften nicht entdeckt werden. Ihre bloße Anwesenheit in den Räumen der Gesellschaft und erst recht deren Umstände würden ein Aufsehen erregen, das jegliche sonstige Erregung in den Schatten stellen würde.

Gaudinsky schien es sehr eilig zu haben, löschte nur noch das Licht und war schon verschwunden. Nach einer Ewigkeit waren Cecilia und Federer endlich zum ersten Mal wieder allein.

Doch schon wurde die Eingangstür erneut geöffnet, und den Bruchteil einer Sekunde später sprang freudig wedelnd Marilyn über ihre Körper. Hastig richteten sie ihre Kleidung, und schon stand auch Vera vor ihnen. Sie ließ sich nichts anmerken.

„Ich habe ihn herauskommen sehen. Da haben wir ja ganz schön Glück gehabt."

„Du hast gut reagiert. Er hat irgendetwas im Archiv gesucht und scheint es auch gefunden zu haben. Dann ist er sofort gegangen."

Sie gingen nun selbst in den Archivraum, dessen Wände bis unter die Decke mit Regalen vollgestellt waren, die ihrerseits zur einen Hälfte mit Ordnern, zur anderen Hälfte mit gebundenen archivierten Schriftstücken gefüllt waren, alle sorgfältig beschriftet und verstaubt. Anhand der Kennzeichnung waren die gebundenen als die älteren Unterlagen zu identifizieren, während die Ordner neuere Vorträge, Artikel und andere Veröffentlichungen enthielten, darunter bestimmt auch Arbeiten von Bergasser. Wonach sollten sie hier nur suchen? Da kam Vera auf eine Idee.

„Unser Archiv befindet sich immer noch im Wiederaufbau. Dank Bergasser werden aus der ganzen Welt Arbeiten im Original oder notfalls auch in Kopie zurückgeholt. Für Gaudinsky gibt es keinen Wissenschaftler vor und nach Freud. Wenn er hier etwas gesucht hat, dann muss es eine Arbeit des *Meisters* gewesen sein."

Ein kurzer Überblick genügte, um zu erkennen, dass Freuds Arbeiten zusammen mit den zu ihnen verfassten Kommentaren mehrere Meter Regallänge einnahmen. Aber wen interessierten schon Kommentare? Nur Originalarbeiten und –notizen kamen in Betracht. Während Federer und Vera die in Frage kommenden Bände von beiden Enden her durchblätterten – er begann 1885, sie 1938 – machte Cecilia eine überraschende Entdeckung. Sie fand eine Art historischer Stammbaum der Mitglieder der analytischen Gesellschaft von Freud bis heute, aus dem hervorging, dass Bergasser der Lehranalytiker von Zumbrich gewesen war. Federer wollte das nicht glauben, so wenig schienen die beiden nicht nur in ihrer Arbeitsweise gemein zu haben. Und dann fand er plötzlich, was Gaudinsky gesucht haben musste. Aus einem Ordner des Jahres 1910 waren Seiten ganz frisch herausgerissen worden, Notizen Freuds vom August 1910. Doch wenn sie ihn so interessierten, warum hatte er nicht einfach den ganzen Band ausgeliehen? Wollte er die Seiten verschwinden lassen – aber warum?

Da sah Federer von der Straße her Blaulicht. Gaudinsky musste doch Verdacht geschöpft, offenbar Marilyn erkannt haben. Sie mussten raus hier. Federer stellte den Archivband noch zurück ins Regal, während Vera und Cecilia bereits zum Eingang rannten. Dann schnappte er sich den Hund, drehte das Licht aus und eilte ihnen nach.

„Nach oben!"

Sie durften Gaudinsky und den Beamten nicht in die Arme laufen, also nahmen sie die Stiegen hinauf bis in den letzten Stock und harrten dort mit angehaltenem Atem aus. Sie hörten Gemurmel, dann das Öffnen der Tür und bald darauf wieder Stimmen, jetzt lauter.

„Sicher sind sie über den Hinterausgang entwischt. Ich habe Ihnen doch gesagt, dass Sie sich beeilen müssen."

„Bitte schön, es war ja kein Notfall, und hetzen lassen wir uns von Ihnen nicht."

Dann war es wieder still.

24

Sie blieben noch einige Minuten lang in ihrem Versteck, dann gingen sie zurück nach unten und verließen das Haus. Es war bereits nach drei. Draußen vor dem Eingang fiel torkelnd ein Gast aus dem Nachtklub, in dem es immer noch hoch her zu gehen schien. Der Himmel hatte sich zugezogen, ein fernes Grollen kündigte ein nahendes Gewitter an. Federer war verlegen. Wie sollte er sich bei Vera bedanken, ohne dass Cecilia dies missverstehen würde? Wenn er etwas verabscheute, dann Floskeln wie: „Man sieht sich", „Ich melde mich", „Schönen Tag noch." Er gab ihr ihre blonde Perücke zurück. Sie reichte ihm die kopierte Liste.

„Ich glaube, es ist jetzt Zeit für uns, ins Bett zu gehen ..."

Cecilia warf ihm einen strengen Blick zu. „Ins Bett gehen" war zweideutig, mit wem?

Vera rettete die Situation.

„Ich werde ja in den nächsten Tagen in der Gesellschaft erfahren, ob du mit der Liste etwas anfangen konntest."

„Vielen Dank jedenfalls. Ich hoffe, du bekommst keine Probleme wegen Gaudinsky. Wenn ich dir irgendwie helfen kann?"

Das war zu viel des Guten für Cecilia. Vera spürte, dass ihre Anwesenheit Spannungen provozierte. Wie zur Bestätigung zuckte just in diesem Moment ein erster Blitz durch den Nachthimmel, um dann in einen ohrenbetäubenden Donner zu münden. Erste schwere Regentropfen klatschten auf die Straße.

„Ich muss los, habe noch eine Verabredung, du verstehst?"

Nicht, dass ihre Entschuldigung um diese Uhrzeit glaubhaft geklungen hätte, doch sie war schon verschwunden.

Marilyn eilte mit eingezogenem Schwanz davon, sie wollte heim. Regen an sich mochte sie schon nicht, aber ein Gewitter bedeutete für sie das Ende der Welt. Tausendfach brach sich das Licht der Blitze in den Fensterscheiben der Häuser, und in den dunklen Straßenschluchten hallten die Donnerschläge wider. Federer legte seinen Arm um Cecilia, und sie ließen sich Zeit auf dem kurzen Weg zum Franziskanerplatz. Der Regen schien alles abzuwaschen von ihnen. Oben in der Wohnung angekommen, zogen sie sich aus, langsam, gegenseitig, wie in einem Zeremoniell. Nichts sollte mehr zwischen ihnen sein, nicht einmal ein Gedanke an die verlorene Zeit. Und endlich standen sie beide nackt am Fenster vor dem festlichen Feuerwerk des Gewitters, und ihre Müdigkeit verflog, löste sich auf in Leidenschaft.

Doch dann auf einmal, unten auf dem Platz war er da. Federer verfluchte sich. Warum nur hatte er hinausgeschaut? Aber er hatte ihn erkannt, den Mann in Rot, dort im Regen am Brunnen neben der Mosesstatue. Cecilia spürte, dass etwas nicht stimmte.

„Was ist denn los, caro, warum schaust du dauernd aus dem Fenster?"

„Da, siehst du ihn? Das ist der Mörder."

Wieder zuckte ein Blitz, krachte ein Donner.

„Du bist verrückt."

Sie war hin- und hergerissen zwischen Resignation und Ärger. Bislang hatte Federer ihr gegenüber kein Wort erwähnt von der Existenz eines weiteren Verdächtigen, und dort draußen war jetzt niemand zu sehen.

„Ich muss ihm nach."

Noch im selben Augenblick zog er sich bereits sein triefendes Hemd und seine ebenso durchnässte Hose wieder über.

„Warte auf mich, ich bin gleich wieder da."

Widerwillig ließ sie ihn ziehen.

Federer hatte gesehen, wie der „Rote" im Tordurchgang zur Ballgasse verschwunden war und rannte ebenfalls dort hinein. Die Tropfen behinderten seine Sicht, aber er war ihm auf den Fersen, verlor ihn nicht aus den Augen.

„Warten Sie doch!", rief er ihm hinterher.

Seiner Bitte wurde nicht entsprochen, ganz im Gegenteil, der Mann in Rot lief noch schneller. „Keine Kondition", schimpfte Federer, obwohl er sich noch recht tapfer schlug in dem Gewirr der Gassen, im prasselnden Regen. Fast wäre er ausgerutscht und gestürzt. Er fluchte, rannte weiter, doch das Fluchen kostete Atem, so fluchte er nur in Gedanken weiter.

„Stehen bleiben, Polizei!", befahl er laut.

Das war ein weiterer hoffnungsloser Versuch, schließlich hatte diese Aufforderung nie den gewünschten Effekt. Und dann in der Rauhensteingasse war der Mann in Rot auf einmal spurlos verschwunden. Vollkommen außer Atem und fassungslos hockte Federer sich im immer noch strömenden Regen nieder, um erst einmal Luft zu schnappen. Das konnte doch nicht wahr sein. Er war wieder entwischt. Lauthals und sehr wienerisch ließ Federer seinem Unmut freien Lauf. Es dauerte nicht lange, und über ihm wurde ein Fenster geöffnet, aus dem unwirsch ein Anwohner in die nächtliche Stille hineinbrüllte:

„Ruhe! Sonst hole ich die Polizei!"

„Bin schon da", murmelte Federer und stand auf. Resigniert machte er sich schleppenden Schritts auf den Rückweg, bog ein in die Blumenstockgasse.

Mit ohrenbetäubendem Geschrei stürzte da plötzlich aus einem Hauseingang der Rotgekleidete auf ihn los. Vor Schreck schlug Federer ihm mitten ins Gesicht, im Reflex. Ein Knacks und Blut rann aus der Nase des Angreifers. Der Verletzte prallte ab und fiel krachend der Länge nach auf seinen Rücken. Im Normalfall hätte Federer sich für einen solchen Ausrutscher, der so gar nicht seine Art war, entschuldigt, aber jetzt sprang er auf den am Boden Liegenden, nur um ihn festzuhalten, um sicherzustellen, dass er sich nicht losreißen und noch einmal entwischen würde. Sicher, Federer würde Ärger bekommen. Die Misshandlung Verdächtiger wurde nicht gern gesehen, aber das war ihm im Moment egal. Er hatte ihn gefunden. Endlich saß Federer hier, mitten in der Nacht, im strömenden Regen, auf dem Mann, den er für den Mörder Bergassers hielt und der ihm nur einen flehentlichen Blick entgegenwerfen konnte, da seine Hände unter dem Körpergewicht seines Bezwingers eingeklemmt waren. Sollte Federer nicht erleichtert sein? Stattdessen stieg eine ungeheure Wut in ihm hoch. Er musste sich auf einmal sehr beherrschen, um dem wehrlos Daliegenden nicht ernsthaft gefährlich zu werden.

Unvermittelt fing da der „Rote" in einem Schwall zu sprechen an, plapperte ganz schnell vor sich hin. Er war kaum zu verstehen. Sein Geschwätz klang wie eine monoton vorgetragene Beschwörungsformel. Federer ließ ihn reden und hielt ihn weiter fest im Griff. Wie sollte er ihn auf das Revier schaffen? Stand er auf, lief er Gefahr, dass der „Rote" ihm erneut entkam. Handschellen hatte er in der Eile nicht mitgenommen, ebenso wenig sein Handy. So war auch nicht daran zu denken, Verstärkung herbeizurufen. Da begann der „Rote" zu schreien, aus seinem tiefsten Inneren heraus, in wilder Panik, in die nächtliche Stille hinein. Federer fuhr ihn an, er solle ruhig sein. Und doch, der Lärm konnte ihm dabei helfen, eine Streife zu organisieren, sollte der schimpfende Anwohner von vorhin seine Drohung wahr machen.

„Tu mir nichts ...", flehte der Gefasste. „... Ich weiß, du bist es, Luzifer. Du wirst sie richten die Gerechten, und du wirst den Ungerechten zur Macht verhelfen. Du wirst die Herrschaft an dich reißen, und dein Reich wird ewig währen. Heil dir, Luzifer. Nimm deinen Diener auf in dein Reich. Er ist dir ergeben, wird dir treu sein bis an das Ende deiner ewig währenden Herrschaft ..."

Das ging immer so weiter, lauter widersinniger Blödsinn, den Federer sich hier gegen halb fünf Uhr morgens, völlig durchnässt auf einem Verdächtigen sitzend, an den Kopf werfen lassen musste. Ihm wurde das zu viel.

„Halten Sie endlich das Maul."

Doch das wirre Gerede wurde nur noch hastiger und devoter, abgelöst nur von gelegentlichen markerschütternden Schreien. Schließlich brüllte Federer den unter ihm Liegenden barsch an:

„Warum haben Sie Bergasser ermordet?"

Auf einmal herrschte gespenstische Ruhe. Ein Fenster, das irgendwo geöffnet worden war, wurde wieder geschlossen. Der Rotgekleidete starrte ihn an. Das Blut aus seiner Nase war getrocknet. Wie sollte es jetzt weitergehen?

„Nun sagen Sie mir endlich: Warum haben Sie das getan?"

Die Augen des Wehrlosen waren so voll panischer Angst, dass Federer auf einmal Mitleid mit ihm bekam. Immer noch antwortete er nicht, blickte nur verständnislos und ungläubig.

„Erzählen Sie mir, wie es dazu kam."

„Du hast ihn umgebracht, du hast den Meister des Guten vernichtet. Du wirst jetzt deine Herrschaft errichten und die Erde entvölkern, sie zu deinem Reich machen und ..."

„Hören Sie mit diesem Mist auf und sagen Sie mir endlich, warum Sie ihn umgebracht haben."

„Du nicht ich, du nicht ich, du nicht ich ..."

Der Rote wiederholte diese Worte wie eine Schallplatte mit einem Sprung. Federer verlor endgültig die Geduld und schüttelte ihn heftig. Stand er unter Drogen?

„... Du bist der Teufel und du hast den Meister vernichtet ..."

„Es reicht. Spuck aus, warum?!"

„Ich habe dich gesehen, Luzifer. Du warst da. Du hast ihn zerstört und jetzt gibt es nichts mehr, das dich aufhalten kann."

Das war immer noch wirres Zeug, aber wenn Federer sich nicht täuschte, schien der andere ihn für den Mörder Bergassers zu halten. Er zögerte, musste sich vergewissern.

„Sie meinen, ich hätte Bergasser ermordet?"

„Du, du, du ... du hast ihn vernichtet, ich habe dich gesehen, gestern, heute, alle Tage, du bist es gewesen, du wirst jetzt die Erde verschlucken. Aber lass mich am Leben, ich bin doch nur ein kleiner Fisch im Wasser. Ich bin dir treu ergeben, trage deine Farbe als Zeichen. Bitte lass mich nicht sterben."

Herzzerreißend begann er zu schluchzen und klammerte sich an Federer, der sich nun gar nicht mehr wohl in seiner Haut fühlte. Das hier war kein Mörder. Schlimmer noch, das war ein Zeuge, der ihn irgendwo in der Nähe von Bergassers Ordination gesehen haben musste, ein Zeuge, der ihn belasten würde, so wie die Aussage von Gaudinsky, so wie sein fehlendes Alibi. Das war fatal. Und diese arme Kreatur, die hier wimmernd unter ihm lag, der er auch noch die Nase blutig geschlagen hatte ... Hatte sich denn alles gegen ihn verschworen, war er in der Mordnacht wirklich auf der Straße und dann bei Bergasser gewesen, hatte er ... ?

Langsam wurde ihm das alles zu viel. Er erstarrte, saß selbst verzweifelt auf diesem weinenden Bündel Mensch, nahm den anderen kaum noch wahr, suchte in seiner Erinnerung nach irgendeiner Spur für oder gegen seine Schuld, doch er fand nichts. Unbedacht hatte sich sein Griff gelockert, und der Rotgekleidete war blitzartig auf und davon. Federer ließ ihn laufen. Er hatte keine Kraft mehr. Seine Zeit lief ab. Er stand auf. Im feuchten Asphalt spiegelte sich das Licht der Straßenlaternen. Der Regen hatte nachgelassen, die nächtliche Stadt war menschenleer. Aber der friedliche Eindruck täuschte vielleicht nur. Sicher war die Mordnacht genauso ruhig gewesen. Warum nur konnte er sich an nichts erinnern? Weil er geschlafen hatte, war die plausible Antwort. Nur, die Indizien sprachen gegen ihn, und widerlegen konnte er sie nicht, nicht einmal sich selbst gegenüber.

Er erreichte den Franziskanerplatz, öffnete das Haustor, war kurz darauf in seiner Wohnung, zog sich aus und trocknete sich ab. Im Schlafzimmer fand er Cecilia zusammengekauert im Bett in tiefem Schlaf, Marilyn lang gestreckt in ihren Armen. Er legte sich neben die beiden, suchte den Körperkontakt, doch es dauerte noch eine Weile, bis ihn ein rastloser Schlaf überkam. Er brauchte einen Gegenbeweis. Ihm blieben nur wenige Stunden.

Er rannte, war wieder in seinem Traum, getrieben, verfolgt, ohne sehen zu können, wohin ihn seine Beine trugen, er war zu schnell, musste weiter. Warum, wusste er nicht. Plötzlich hielt er inne. Vor ihm standen Bergasser und Zumbrich auf der Beerdigung, und beide begannen den Ländler zu tanzen, der den Trauermarsch von Mahlers erster Symphonie sarkastisch durchbricht. Sie drehten sich wild und immer wilder im Kreis und wurden schließlich in einer Explosion in Stücke gerissen. Die Musik brach ab, und er hörte Bergassers ruhige Stimme: „Sie haben gelernt, mir zu vertrauen. Jetzt müssen sie lernen, an sich selbst zu glauben. Es ist Ihr Leben." Dann lachte er auf, überschlug sich und hielt ihm die Hände mit den Siegeszeichen ins Gesicht. „Sehen Sie? Ha, ha, ha, ha!"

25

Federer erwachte. Allenfalls eine Stunde hatte er geschlafen. Den Traum hatte er vergessen. Das Gewitter hatte sich verzogen, und die Sonne war gerade an einem strahlend blauen Himmel aufgegangen. Unruhig drehte er sich im Bett von einer Seite auf die andere, vorsichtig darauf bedacht, weder Cecilia noch den Hund aufzuwecken.

Hatte der „Rote“ ihn also wirklich gesehen in der Mordnacht? Doch dessen Zeitangaben waren wirr gewesen, so wie alles andere, was er von sich gegeben hatte. Und selbst wenn es stimmen sollte, wäre das allein kein Beweis. Die Aussage von Gaudinsky wog schwerer, allein schon durch die Kraft seiner Autorität.

Die Namen von Bergassers Patienten und die Unterlagen sollte Federer durchsehen. Er stand auf, ließ seine beiden Bettgefährtinnen zurück, wie sie waren, zog die noch feuchte, aber unbeschädigte Liste aus seiner Hosentasche und schloss leise die Schlafzimmertüre.

Das Morgenlicht blendete ihn, er brachte seine Espressomaschine in Gang und legte Musik auf, Mahlers Sechste, um sich vom Marsch des ersten Satzes in Schwung bringen zu lassen. Der Duft frischen Kaffees weckte seine Lebensgeister, Federer trank ihn in einem Schluck aus. Er hatte alle Papiere auf seinem Schreibtisch ausgebreitet, setzte sich und überflog zuerst die Patientennamen. Nur drei von ihnen waren männlich: Georg Federer, Peter Ropic und Vincenzo Alberi.

Federer stutzte. Es war nicht die Frage, ob, wie Gaudinsky behauptete, einer der drei der Mörder sein musste, und auch nicht, ob neben ihm der von Berndorfer genannte Rollstuhlfahrer und der Mann in Rot hier auf der Liste standen. Nein, es war der Name „Vincenzo Alberi“. Der Familienname war derjenige Cecilias, nur ohne Titel, aber Adelstitel waren im offiziellen Sprachgebrauch in Österreich abgeschafft worden. War das ein Verwandter von ihr? Sie schlief noch, er würde sie später fragen. Eine eindeutige Entlastung vom Mordverdacht bot ihm diese Namensaufstellung jedenfalls nicht.

Nun nahm er sich Bergassers Studien vor. Sie waren mit der Schreibmaschine getippt und hatten ausnahmslos Historisches zum Inhalt. Statt Fallbeschreibungen oder Patientenberichten fand Federer Entwürfe für Aufsätze und Vorträge über das Treffen von Freud mit diesem und jenem in Wien oder anderswo, alles ohne Relevanz für ihn. Fieberhaft durchblätterte er die Papiere und entdeckte einen aus einzelnen Papierschnitzeln zusammengeklebten Vortragsentwurf für die kommende Woche, Thema: Die Notizen Freuds über sein Treffen mit Gustav Mahler, dem Papier angefügt eine Kopie der Originalnotizen in Freuds Handschrift. Die Kollegen von der Spurensicherung hatten ganze Arbeit geleistet, die Seiten offenbar aus dem Papierkorb herausgefischt und säuberlich wieder zusammengefügt. Wenn er einmal Zeit hätte, würde ihn das interessieren, dachte Federer, suchte weiter, doch etwas ließ ihn nicht los von Freuds Notizen, und er nahm sie noch einmal zur Hand. Es war das Datum, der 27. August 1910. Das war es also, was Gaudinsky gesucht hatte, doch weshalb?

Federer begann das Manuskript Bergassers zu überfliegen.

Mahler hatte Freud am 26. August 1910 in Leyden in Holland aufgesucht, da er von einem Tag auf den anderen impotent geworden war. Ein Liebesbrief des Architekten Walter Gropius an Mahlers Frau Alma war absichtlich oder unabsichtlich – das wurde nie geklärt – an ihn selbst adressiert worden und in seine Hände gelangt, wodurch die Affäre der beiden ans Tageslicht gekommen war. In der Konsultation habe Freud herausgearbeitet, dass Mahlers Beziehung zu seiner Frau, als Folge einer dominanten Mutterbindung, stark von einer Suche nach einem Mutterersatz geprägt gewesen sei. Dadurch, dass sie nun mit einem anderen Mann geschlafen gehabt habe, so wie die Mutter mit dem Vater, sei in der Beziehung zwischen ihm und seiner Frau eine Mutterübertragung und mit dieser ein Inzesttabu aktiviert worden, daher die Impotenz. Mahler sei fasziniert gewesen von Freuds Deutung und habe bereits tags darauf geheilt wieder abreisen können. Im Übrigen habe er Freuds Rechnung nie bezahlt.

So weit, so gut, nur wozu brauchte Gaudinsky die Originalnotizen von Freud ausgerechnet in dieser Angelegenheit? Wollte er sie selbst veröffentlichen? Oder wollte er ihre Publikation verhindern?

In seinem Kommentar beschrieb Bergasser, dass dieser prominente Fall eindrucksvoll belege, wie Psychoanalyse funktioniere: über Erkenntnis und über zwischenmenschliche Interaktion. Die Behauptung einiger Dogmatiker, dass allein die therapeutische Technik ausschlaggebend sei, erweise sich als unhaltbar.

Nun, das war gegen Gaudinsky gerichtet, und bei dem Wirbel, den der Name Gustav Mahlers auch in der allgemeinen Öffentlichkeit hervorrufen würde, lag es nahe, dass er die Unterlagen aus dem Verkehr ziehen wollte. Doch dazu hätte er lediglich Bergassers Vortrag beiseite schaffen müssen und nicht das Original. Warum hatte er trotzdem die Seiten aus den Archivunterlagen herausgerissen?

Es musste mit Zumbrich zu tun haben. Wenn es um Gustav Mahler ging, dann ging es auch um sie. Hatte Nora nicht erzählt, dass Mahler von ihr vergöttert wurde? Ein impotenter Gott, das musste sie schmerzen. Hatte Gaudinsky also das Original ihretwegen verschwinden lassen? Doch es gab eine Kopie. Aber vielleicht wusste er nichts von deren Existenz.

Wenn Gaudinsky für Zumbrich Unterlagen beseitigte, was tat er dann noch alles für sie? Morden? Waren die Präsidentschaft, die finanzielle Unterstützung für sein Osteuropaprojekt und seine missionarische Vernarrtheit im Kampf um die wahre Lehre nicht weitere Motive? War er vielleicht ein sich nach außen hin sanft gebender Fanatiker? Doch wenn mit ihm auch Zumbrich in die Sache verwickelt war, war er, Federer, dann von Anfang an in ein abgekartetes Spiel hineingeraten, war es gar kein Zufall, dass er ausgerechnet auf ihrer Couch gelandet war? Waren Bergasser und jetzt er selbst Opfer einer Verschwörung innerhalb der analytischen Gesellschaft geworden? Wer war dann noch daran beteiligt? Vera? Nein, dann müsste er sich schon sehr in ihr getäuscht haben, und ihre Hilfe in der letzten Nacht sprach dagegen.

Der letzte Satz der Symphonie schwoll an zu dem das Ende verkündenden Hammerschlag. Auch in der Zehnten gab es diesen Hammer. Federer musste an das Konzert mit Vera denken, das schon eine Ewigkeit zurückzuliegen schien. Wie anders sie in Wirklichkeit war, als sein erster Eindruck damals hatte vermuten lassen, komplexer, komplizierter, irgendwie auch interessanter, und gleichzeitig hoffnungslos verstrickt in ihre Vergangenheit. Ob ihr die Analyse wirklich geholfen hatte?

Gleich war es acht, er würde zu Zumbrich gehen. Dass ausgerechnet sie ihre Lehranalyse bei Bergasser gemacht hatte, konnte er immer noch nicht glauben. Da, in die letzten Takte der Musik hinein, vermeinte er Bergassers Stimme zu hören. Er würde sie nie vergessen, diese Stimme, sie lebte in ihm weiter. Und richtig, er hatte auch von ihm geträumt. Doch jetzt musste er los, Doktor Zumbrich erwartete ihn.

26

Beinahe hatte er sich schon an das merkwürdige Entree gewöhnt. Es war wohl die Sehnsucht nach einem Ort, an dem er sich zu Hause fühlen konnte. Wieder saß Doktor Zumbrich unbeweglich in ihrem Sessel und deutete ihm sich niederzulegen, wozu es ihrer Aufforderung jedoch gar nicht bedurft hätte. Sie schwieg, und er überlegte, womit er beginnen sollte. Er musste gähnen.

„Bitte entschuldigen Sie meine Müdigkeit heute, aber ich war fast die ganze Nacht unterwegs ..."

Er musste Acht geben, durfte nichts von seinen Spekulationen preisgeben. Und Vera musste er decken, schließlich lag auch sie regelmäßig hier genau auf derselben Couch. Doch wovon sollte er dann erzählen? Alles, was er gestern erlebt hatte, schien in irgendeiner Weise direkt oder indirekt mit der Analytikerin zu tun zu haben, sein Treffen mit Gaudinsky, das Dinner bei Nora, die Nacht in der Wiener Gesellschaft für Psychoanalyse. Er war jetzt noch müder, weil er nichts sagen wollte. Doch er hatte geträumt, das war unverfänglich.

„Ich hatte Ihnen doch gestern von meinem Traum berichtet ..."

Auf einmal erinnerte er sich an alles.

„... Heute Morgen war er wieder da. Ich bin gerannt, geflohen, wovor, weiß ich nicht. Und dann sind plötzlich Sie aufgetaucht, Sie und Bergasser. Sie haben mit ihm getanzt zu der Musik von seiner Beerdigung, immer schneller, bis sie beide zusammen in einer Explosion in Stücke gerissen wurden. Und dann hat Bergasser mir seine Hände zum Siegeszeichen entgegengestreckt, so wie bei seiner Leiche in der Ordination, und er hat mir zugerufen, ich solle ihm vertrauen oder so ähnlich, an mich selbst glauben."

Auch jetzt reagierte Zumbrich nicht, aber ihr Atem ging schneller, wenn er sich nicht täuschte. Da fiel ihm ein, dass sie die gestrige Stunde verfrüht abgebrochen hatte.

„Ist Ihnen aufgefallen, dass Sie gestern die Stunde früher als üblich beendet haben? Ich finde, dass Sie mir dafür eine Erklärung schulden."

Er wartete, aber sie ging nicht darauf ein. War das auch eine von ihren Strategien, um ihn in Rage zu bringen?

„Ich glaube, dass ich in dem Traum weglaufe nicht mehr vor, sondern von meiner Vergangenheit, von ihren dunklen Erinnerungen, die mich einzuholen versuchen. Das macht zwar Angst, aber irgendwie ist es auch befreiend ... Das ewige Warten auf eine Katastrophe, das mich früher immer verfolgt hat, scheint durch den Tod Bergassers bestätigt worden zu sein, aber mein Gefühl ist auf einmal anders. Er fehlt mir, aber ich bin trotzdem nicht hilflos. Die Katastrophe scheint eingetreten zu sein, doch sie hat ihre Wirkung eingebüßt. Das verdanke ich Bergasser ... Und Sie tanzen mit ihm. Vielleicht sollen Sie in dem Traum seine Rolle einnehmen, jetzt, wo er tot ist. Doch dann explodieren Sie mit ihm ..."

Er hörte, wie sie sich in ihrem Sessel hinter ihm umsetzte.

„Es ist die Musik von seiner Beerdigung, Mahler, Sie erinnern sich? ... Und dann ist Bergasser auf einmal wieder da, streckt mir seine Hände entgegen mit dem Siegeszeichen. Ich soll ihm vertrauen und an mich glauben ..."

Dass er Zumbrich vertrauen sollte, sagte er im Traum nicht, fiel Federer jetzt auf.

Nur was will er mir in dem Traum sagen? Diese Hände zum Sieg ausgestreckt. Ist das der Sieg über meine Angst, oder ist es doch ein Hinweis auf diese D..., diese Erkrankung von Ihnen ... Vielleicht ein Zeichen ...?"

Sie war unruhig. Er sah sie nicht, weil er wie meist in der Analyse seine Augen geschlossen hielt, sie ja ohnehin hinter ihm saß, aber er hörte am unablässigen Rascheln ihres Rocks, dass sie sich hin und her bewegte. Ihre Unruhe drängte ihn nicht lockerzulassen. Sie blieb zwar stumm, doch sie reagierte ohne Worte auf das, was er sagte.

„Bergasser wusste doch, dass ich es sein würde, der ihn am nächsten Morgen finden musste, weil ich sein erster Patient war, ich, ein Kriminalbeamter. Vielleicht waren die Hände wirklich ein Signal an mich, ein Zeichen, dem ich vertrauen soll ... "

Sie war nun sehr nervös, das redete er sich nicht ein. Er spürte es.

„... Ein Siegeszeichen macht doch keinen Sinn für jemanden, der gewaltsam stirbt? ... eine Nachricht, ein Hinweis auf ... Ihre Hände ..."

Intuitiv öffnete er in diesem Moment seine Augen und erschrak. Sie stand über ihn gebeugt, die Arme ausgestreckt, ihren Schal in Händen, ihr Blick voller Furcht und Hass. Dass er sie ansah, brachte sie aus der Fassung, unterbrach den Ablauf ihrer Bewegung. Alles stand still für einen Augenblick nur, kein Atem, nichts außer dem leisen Ticken der Uhr. Dann, ganz langsam, sank sie zurück in ihren Sessel.

Er hatte es vorgezogen, seine Augen nicht wieder zu schließen, und setzte sich jetzt auf. Sie war in sich zusammengesunken, wirkte matt und unendlich traurig.

27

„Sie haben wohl Recht, ich bin Ihnen eine Erklärung schuldig. Aber das ist nichts für die Couch. Lassen Sie uns bitte hinüberwechseln."

Federer war überrascht über ihre Disziplin selbst in dieser Situation. Sie drehte ihren Sessel um neunzig Grad und saß kerzengerade hinter ihrem Schreibtisch wie auf einem Thron, in der vereinten Autorität von Opfer und abgeklärter Analytikerin. In beiden Rollen schien das Leben sie so gezeichnet zu haben, dass sie über den Dingen stehen und unverletzbar sein würde. Federer nahm ihr gegenüber Platz. Er war jetzt hellwach, darauf vorbereitet, dass sie aus einer der Tischschubladen eine Waffe ziehen würde.

„Sie erlauben bitte, dass ich kurz meinen Anwalt benachrichtige?"

Noch bevor er antworten konnte, nahm sie den Telefonhörer und wählte eine Nummer.

„Wohin bitte werden Sie mich bringen lassen?"

„Auf das Dezernat am Deutschmeisterplatz."

„Oh, entschuldigen Sie bitte."

Sie legte den Hörer auf.

„Ich habe mich doch tatsächlich verwählt."

Sie tippte erneut eine Nummer ein.

„Doktor Zedlicak bitte."

Es dauerte einen Moment, bevor sie ihren Anwalt erreichte, den sie daraufhin nur kurz bat, sie in etwa einer Viertelstunde bei der Kriminalpolizei am Deutschmeisterplatz zu erwarten. Dann wandte sie sich wieder Federer zu, während sie sich langsam eine Zigarette anzündete.

„Wir Analytiker rauchen gerne, eine alte Tradition."

Sie wirkte überhaupt nicht nervös, zog ruhig und tief an ihrer Zigarette und begann zu erzählen:

„Bergasser war mein Analytiker, mein Lehranalytiker, zehn Jahre lang ..."

Sie hielt kurz inne, suchte nach einem neuen Anfang.

„... Ich habe einen langen Weg hinter mir. Mein Vater, vielleicht wissen Sie bereits davon, er war ein menschliches Scheusal. Sicher, er konnte nichts dafür, war von den Nazis im Konzentrationslager zugrunde gerichtet worden. Zwar hatte er überlebt, aber psychisch war er gebrochen, abgestorben. Er, das Opfer, wurde zum Täter ..."

Ihre Stimme war voller Verbitterung.

„... Meine Mutter war eine Enkelin von Gustav Mahler. Sie ist trotz der Aggressionen meines Vaters bei ihm geblieben. Sie hat ihn geliebt, und sie fühlte sich mitschuldig an seinem Leid, weil sie in England geblieben war, als sie ihn abtransportiert hatten. Mein Vater war von einem jüdischen Nachbarn verleumdet worden, und, so absurd das auch klingen mag, hat er einen Hass ausgerechnet auf Juden entwickelt, sich unbewusst mit seinen Folterknechten im Lager identifiziert. Meiner Mutter hat er ihre jüdische Abstammung vorgehalten und mir genauso. Ich bin gut ein Jahr nach dem Krieg zur Welt gekommen. Während meiner ganzen Kindheit war er immer zu Hause, hat nie wieder arbeiten können. Täglich betrank er sich und wurde dann gewalttätig gegen meine Mutter und gegen mich. Meine Hüfte, der Schaden, ist nicht angeboren, obwohl es so scheint. Er ist ein Andenken an ihn. Sicher hätte er auch Mitleid verdient gehabt, aber ich habe ihn nur gehasst und hasse ihn heute immer noch, über seinen Tod hinaus ..."

Sie machte eine Pause, drückte überraschend sanft ihre Zigarette aus und zündete sich eine neue an.

„... Meine Mutter hielt sich am Leben durch ihren Stolz auf den Glanz und den Genius ihres Großvaters ..."

Sie blickte zur Büste Mahlers auf der Konsole.

„... und in gewissem Sinne war Mahler der einzige Mann in meiner Kindheit, dem die Zerstörungswut meines Vater nichts anhaben konnte. Mahler war bereits damals unsterblich, und er war Jude. – Dann eines Tages begann ich meine Analyse bei Bergasser ..."

Sie lächelte versonnen, versank für einen Augenblick in der Erinnerung.

„... Er und ich, wir haben lange daran gearbeitet, meinen Hass zu überwinden. Ganz ist mir das nie gelungen, aber ich habe zumindest diese unablässig bohrende Sehnsucht nach einem Ausgleich für das mir angetane Leid überwinden können, die mich immer daran gehindert hatte, in meinem Leben weiterzukommen. Die Macht meines Vaters war gebrochen, und Mahler wurde für mich zur Grundlage für eine bessere Beziehung zu einem Mann ..."

Sie machte eine Pause, schien zu realisieren, dass sie zum Kern des Geschehenen vordrang. Federer fiel auf, dass sie immer nur von „Mahler" sprach und nie von ihrem Urgroßvater. Der Komponist war Teil einer anderen Wirklichkeit, geschützt vor der Macht ihres Hasses.

„... Dann gab es einen Bruch. Als ich mich dazu entschied, Analytikerin zu werden, hat Bergasser mir davon abgeraten. Die analytische Gesellschaft ist eine so genannte Non-Reporting Society, das heißt, dass der eigene Analytiker der Gesellschaft gegenüber zum Stillschweigen verpflichtet ist, und ich bin aufgenommen worden, obwohl er das für falsch hielt. Ich fühlte mich durch ihn genauso abgelehnt wie durch meinen Vater, die Beziehung zwischen uns war zerstört ..."

Jetzt verstand Federer, warum sie so anders arbeitete als Bergasser.

„... Wir sahen uns nur gelegentlich bei großen Veranstaltungen, hatten sonst keinen Kontakt mehr. Und dann erfuhr ich davon, dass er eine Veröffentlichung und einen Vortrag plante zu dem Treffen von Mahler mit Freud ... Er wollte ihn bloßstellen als impotenten Juden, der nicht von der Brust seiner Mutter losgekommen war ..."

Sie brauste unvermittelt auf, fasste sich aber sofort wieder.

„... Das ist zu hart gesagt, ich weiß, aber genau so kam es bei mir an. Ich bin mehrere Male zu ihm gegangen, habe ihn eindringlich gebeten, von seinem Projekt abzulassen, aber er hat sich geweigert, hat darauf bestanden, dass man eine Distanz zu seinen alten Wunden gewinnen müsse und sich nicht ein Leben lang deren Folgen unterwerfen dürfe. Auf meine Einwände hin hat er mir nur vorgehalten, er sehe sich in seiner früheren Einschätzung bestätigt, mit der er mir damals davon abgeraten hatte, selbst Analytikerin zu werden. Jedenfalls werde er zu verhindern wissen, dass mein Antrag auf Zulassung zur Lehranalytikerin angenommen werde. Das war für mich so, als hätte er mir meine Existenzberechtigung abgesprochen. Und dann ist es passiert. Es war schon spät. Er hat mir den Entwurf für seinen Vortrag gezeigt. Ich stand hinter ihm, und er saß da wie früher mein Vater an seinem Schreibtisch, unnahbar, nur auf sich selbst fixiert und jederzeit zur Gewalt bereit. Ich habe einfach zugedrückt, habe durch ihn meinen Vater vernichtet. Es ging ganz leicht. Er hat sich nicht gewehrt, hat eisern seinen Glauben an das Gute im Menschen verteidigt ..."

Wie ein Chirurg sezierte sie ihre eigene Psychodynamik, durchschaute jede ihrer Reaktionsweisen und war doch gleichzeitig unfähig, sich der Kraft ihres bewusst gewordenen Unbewussten entgegenzustemmen. Sehenden Auges verfing sie sich in den Fallstricken ihrer eigenen Vergangenheit, hatte trotz ihrer Erkenntnis nie emotional Abstand zu ihr gewonnen. Sie saß jetzt da, immer noch streng aufrecht, und wirkte innerlich sehr ruhig.

„Wenigstens konnte ich den Vortrag aus der Welt schaffen. Ich habe ihn verbrannt."

Dann schwieg sie. Federer wusste, dass sie sich in diesem Punkt irrte, hatte offenbar einen Vorentwurf in Händen, doch er ließ sie in ihrem Glauben. Ihm blieben noch zwei Fragen.

„Und Gaudinsky?"

„Der Professor hat damit nichts zu tun. Er ist tief im Innern ein sehr gütiger Mensch, auch wenn man ihm das oft nicht anmerkt. Er lebt ganz für seine Arbeit und ist doch voller Sensibilität anderen gegenüber ... so wie ... Mahler."

„Ein letzter Punkt noch. War es Absicht oder Zufall, dass ich nach dem Tod Bergassers zu Ihnen kam?"

Sie blickte auf.

„Halten Sie mich für naiv?"

„Ich denke, wir können dann jetzt gehen?"

Sie nickte.

28

Federerer bestellte einen Streifenwagen zur Adresse der Analytikerin. Während der Fahrt über den Ring betrachtete er die vorbeiziehende prächtige Architektur, die so gar nicht passen wollte zu den menschlichen Tragödien, die sich in ihrem Schatten abspielten. Reglos saß Doktor Zumbrich auf dem Rücksitz. Sie blickte nicht hinaus, sondern schien in ihrem Inneren einen Weg zurückzulegen, der Federer verborgen bleiben musste.

Auf dem Dezernat wartete bereits ihr Anwalt, was allerdings große Verwirrung gestiftet hatte. Stankovic, Berndorfer, Schröger, alle liefen gehetzt durcheinander, und selbst Fleischhacker rollte richtungslos zwischen ihnen hin und her.

„Was ist denn hier los?

Federer fragte den Pathologen, da er am leichtesten aufzuhalten war. Berndorfer war in einem Zimmer verschwunden, Stankovic in einem anderen. Von Schröger eine sinnvolle Antwort zu erwarten, war eine Illusion.

„Professor Gaudinsky ist vor etwa einer halben Stunde hier eingetroffen, um sich wegen Mordes an Bergasser zu stellen. So weit, so gut. Und dann kam hier vor zehn Minuten ein Anwalt an, ein Doktor Zedlicak, und behauptete, er warte auf seine Mandantin, die willens sei auszusagen, dass sie Bergasser ermordet habe. Aber sonst ist alles wie üblich."

Ohne eine Miene zu verziehen, hatte Doktor Zumbrich diese Schilderung mit angehört und begrüßte jetzt höflich ihren Anwalt, als sie ihn sah. Gaudinsky war offenbar gerade bei Berndorfer, um seine vollständige Aussage zu Protokoll zu geben. Federer bat Zumbrich, Platz zu nehmen und mit ihrem Anwalt auf ihn zu warten, er würde gleich zurück sein. Er klopfte und trat ein in Berndorfers Arbeitszimmer. Dort saß in der ganzen Eleganz seiner weißhaarigen Erscheinung der Professor und wirkte genauso ruhig und sachlich wie seine langjährige Kollegin draußen vor der Tür, was man von Federers Kollegin im Moment nicht behaupten konnte.

„Federer, gut, dass Sie kommen. Der Herr Professor kam einfach hier herein vor einer halben Stunde und hat sich als Mörder Bergassers zu erkennen gegeben. Und dann ..."

„Ja, ich habe es bereits gehört. Zur selben Zeit hat Doktor Zumbrich mir gegenüber ebenfalls ein Geständnis abgelegt. Ist seine Aussage glaubhaft?"

„Ganz und gar. Er hat als Motiv angegeben, dass er nicht mehr länger habe mit ansehen können, wie die fundamentalen Errungenschaften Freuds immer mehr verwässert und dadurch ihrer Grundidee beraubt worden seien. Mit Bergasser als Präsidenten der analytischen Gesellschaft wäre es in seinen Augen um die Zukunft der wahren psychoanalytischen Arbeit geschehen gewesen. Das habe er verhindern und daher selbst Präsident werden wollen. Die ganze Aufregung, die durch die Ermittlungen entstanden sei, schade aber der Arbeit der Gesellschaft, und so habe er entschieden, dass es besser sei, wenn er sich stelle. Sein Ziel, Bergassers Präsidentschaft zu verhindern, habe er ja erreicht. Habe ich das so korrekt wiedergegeben?"

Fragend, fast hilflos, schaute sie Gaudinsky an.

„Das haben Sie ausgezeichnet gemacht."

„Frau Kollegin, würde es Ihnen etwas ausmachen, mich einen Augenblick lang mit dem Professor allein zu lassen?"

Sie verneinte, obwohl es nicht der Wahrheit entsprach, und verließ widerwillig ihr Büro.

„Entschuldigen Sie bitte, wenn ich Sie so direkt frage ...", wandte Federer sich nun an Gaudinsky, „... aber was wird hier gespielt?"

„Ich weiß nicht, worauf Sie hinaus wollen. Ich habe Bergasser ermordet, habe meine Beweggründe dafür dargelegt, und ich denke, der Rest liegt nun nicht mehr in meiner Verantwortung."

„Aber ich habe soeben ein glaubhaftes Geständnis von Doktor Zumbrich erhalten, dass sie es war, die Bergasser getötet hat."

„So? Das überrascht mich."

Mehr sagte er nicht.

„Halten Sie mich nicht zum Narren."

Federerer war wütend. Er hatte kaum geschlafen und mehr als genug durchgemacht in den vergangenen Tagen, und jetzt das.

„Sie wissen ebenso gut wie ich, dass Doktor Zumbrich Bergasser im Affekt ermordet hat. Machen Sie uns doch nichts vor."

„Ich habe keine Ahnung, worauf Sie hinauswollen."

Es dämmerte Federer langsam, dass es unmöglich sein würde, das Geständnis des Professors zu widerlegen. Aber nur einer konnte Bergasser erwürgt haben. Federer war sich sicher, dass es Zumbrich gewesen sein musste. Ihre unbeherrschte Attacke gegen ihn vorhin war kein Theater gewesen. Irgendwie musste sie Gaudinsky benachrichtigt haben, aber natürlich, mit dem Anruf, als sie sich verwählt hatte, vermeintlich verwählt hatte. Warum hatte er nicht aufgepasst? Doch es gab nicht den geringsten Beweis. Es sei denn – aber ja, Bergassers Hände, das Zeichen an ihn.

„Eines können Sie nicht wissen. Bergasser hat mir noch eine versteckte Nachricht hinterlassen, in seinem Todeskampf. Er hat Zumbrich mit seinen Händen verraten."

Federer machte das Victory-Zeichen. Gaudinsky verzog keine Miene.

„Ich heiße Victor."

Damit gab sich Federer endgültig geschlagen.

„Ehrlich gesagt glaube ich nicht, dass Sie wirklich verstanden haben, junger Mann. Das, was Sie Recht oder von mir aus Moral nennen, ist auch nur von Menschen geschaffen, und als Mensch habe ich die Möglichkeit, mich zu entscheiden. Und ich kann Ihnen eines versichern: Wenn ich mich zwischen Moral und Liebe entscheiden muss, dann wird es für mich immer nur die Liebe geben, die wahre, bedingungslose Liebe. Sie haben keine Ahnung davon, wie frei mich das macht. Ich werde bei meiner Aussage bleiben. Ich habe Bergasser ermordet, und Frau Doktor Zumbrich-Mahler hat mit dem Mord nichts, rein gar nichts zu tun."

Federer hatte genug, selbst wenn er eine gewisse Achtung für den Analytiker nicht verhehlen konnte. Er ging hinaus, bat Berndorfer, ihr Protokoll abzuschließen, er werde dasselbe mit der Aussage von Zumbrich machen. Mehr konnte er nicht tun.

Da erreichte ein Anruf einer Polizeistreife das Dezernat. Ein offenbar geistig Verwirrter sei in den frühen Morgenstunden in die versiegelte Ordination Bergassers eingedrungen und habe dort Feuer gelegt. Die Räume seien nahezu vollständig ausgebrannt. Allem Anschein nach habe der Feuerteufel sich in den Flammen umbringen wollen, er habe jedoch gerettet werden können und sei mit nur leichten Verbrennungen in die geschlossene Psychiatrie am Steinhof eingewiesen worden. Federer war sofort wieder bei Berndorfer.

„Sagen Sie, der Rollstuhlfahrer bei Bergassers Beerdigung, der zweite männliche Patient, wie war sein Name?"

„Warten Sie, ich schaue kurz nach: Ropic, Peter Ropic, warum wollen Sie das wissen?"

„Ich hatte doch von dem Rotgekleideten berichtet, und ich bin mir jetzt sicher, dass auch er ein Patient Bergassers war und dass er der Brandstifter ist, aber das werde ich nachher klären."

Er wollte erst mit Cecilia sprechen, schrieb schnell sein Protokoll fertig und brachte es zusammen mit dem von Berndorfer verfassten zu Stankovic. Zumbrich und Gaudinsky, jeder der beiden beschuldigte sich selbst und entlastete damit implizit den anderen in allen Punkten.

„Aber ich könnte schwören, dass Zumbrich die Schuldige ist."

„Ja, mein Lieber, nur das bedeutet gar nichts, wenn Sie es nicht beweisen können."

„Aber es kann doch nicht ein Unschuldiger ins Gefängnis gehen, nur weil er sich das in den Kopf gesetzt hat. Vielleicht ist er unzurechnungsfähig?"

„Er wird nicht verurteilt werden. Wenn es so ist, wie Sie sagen, dann ist Gaudinsky nicht der edle Ritter, der die Schuld für eine Tat, die er nicht begangen hat, auf sich nimmt. Sondern wenn Zumbrich ebenfalls an ihrem Geständnis festhält, und genau das macht sie ja hier ..." Er tippte auf das Protokoll. „... dann wird keiner der beiden als Schuldiger zu überführen sein. Dann werden beide freigesprochen. Die sind genial."

„Ich verstehe nicht ganz."

„In dubio pro reo. Wenn einer der beiden unschuldig ist, und das muss ja hier so sein, weil nur einer Bergasser erwürgt haben kann, dann darf keiner der beiden schuldig gesprochen werden, denn er könnte ja der Unschuldige sein, selbst wenn er das Gegenteil behauptet ..."

Federer begann zu begreifen.

„... Aber es kommt noch besser. Letztlich ist es ja so, dass einer der beiden einen Mord begangen hat und der oder die andere dem Gericht die Begehung einer mit Strafe bedrohten Handlung vortäuscht, das Gericht also belügt, wenn Sie so wollen. Darauf steht immerhin ein halbes Jahr Gefängnis. Man könnte jetzt meinen, dass man beide wegen der Vortäuschung verurteilt, damit der Mörder sozusagen zumindest ein bisschen bestraft wird. Aber auch das geht nicht. Beide Straftatbestände sind voneinander getrennt zu behandeln, und so darf auch kein Mörder, der sich stellt, wegen Vortäuschung verurteilt werden."

„Das heißt ...?"

„Das heißt, dass beide freigesprochen werden, wenn sich an der Beweislage nichts ändert. Aber, mein lieber Federer, das ist zum Glück nicht unser Problem, das ist das Problem des Gerichts ..."

Er musste lachen.

„Wir haben unsere Arbeit erfolgreich abgeschlossen. Wir liefern für einen Mord gleich zwei geständige Täter mit Motiv und allem, was Sie sonst noch wollen ..."

Stankovic lachte jetzt aus vollem Hals. Federer war verärgert, enttäuscht, dass der Mord an Bergasser womöglich nie gesühnt werden würde, zumindest nicht strafrechtlich, und doch war die Strategie der beiden Analytiker ausgefuchst.

Er verließ das Zimmer seines Vorgesetzten, der zuvor noch offiziell Federers Freistellung vom Dienst aufhob, ohne dass dieser darüber wirklich erfreut war.

29

Zurück an seinem Schreibtisch schrieb Federer eilig an seinem Bericht zum aktuellen Stand der Ermittlungen im Mordfall Bergasser, als das Telefon läutete.

„Ja bitte, Federer, Morddezernat."

„Grüß Gott. Hier spricht Salomon Gaudinsky. Wir sind uns schon begegnet."

Federer kramte auf seinem Schreibtisch und fand eine kleine Notiz, der zufolge, wie von ihm angenommen, das Motorrad von dem Unfall auf seinen jetzigen Gesprächspartner angemeldet war.

„Ich möchte eine Aussage machen im Mordfall an dem Psychoanalytiker Doktor Paul Bergasser. Ich habe Doktor Zumbrich in der Mordnacht zu der Ordination Bergassers gehen sehen."

Es entstand eine Pause. Gaudinsky schien auf eine überraschte Reaktion Federers zu warten, doch die blieb aus.

„Haben Sie mir noch mehr mitzuteilen, oder ist das alles?"

„Nein, das ist eigentlich alles."

„Dann kommen Sie bitte im Laufe des Vormittags hier auf das Dezernat am Deutschmeisterplatz und geben Sie Ihre Aussage zu Protokoll. Ich empfehle mich."

Federer legte auf. Ob Zumbrich gewusst hatte, dass der Sohn Gaudinskys sie belasten würde, und hatte sie sich deswegen freiwillig gestellt? Wollte sich Salomon Gaudinsky an ihr rächen, weil sie ihm Vera abspenstig gemacht hatte? Jedenfalls war dieser Hinweis im Moment vollkommen unerheblich, da die Belastete sich ja bereits selbst gestellt hatte. Federer hatte endgültig genug von diesem ganzen Zirkus.

Er tippte die letzten Zeilen in seine Maschine und überflog den Bericht. Bergasser war tot, und er, Federer, lebte weiter mit einer Arbeit, die ihn nur halbherzig interessierte, und in einer Beziehung, in der er die meiste Zeit einsam war. Er spürte, dass er endlich damit beginnen müsste, Konsequenzen zu ziehen in seinem Leben. Auf dem Weg zum Zimmer seines Vorgesetzten ödete ihn auf einmal alles an und als er eintrat, war er innerlich so geladen, dass er Stankovic den Bericht beinahe auf den Tisch knallte und als Kommentar dazu abgab:

„Ich kündige, fristlos."

„Gehen Sie erst einmal ins Wochenende, Federer, und am Montag sprechen wir uns dann wieder."

Wortlos ging Federer wieder hinaus. Stankovic nahm ihn nicht ernst und womöglich hatte der Recht damit. Nur beschwichtigte das Federers Ärger keineswegs.

Er ließ alles stehen und liegen und begab sich in seine Wohnung, fand dort Marilyn bequem in seinem Bett liegend, aber von Cecilia keine Spur. Dann, auf seinem Schreibtisch im Wohnzimmer, entdeckte er die Zeichnung, die er von Vera gemacht hatte. Cecilia musste sie gefunden haben, hatte „danke" an den Rand geschrieben und sie mit einem Lippenstiftkuss signiert. Da der gezeichnete Akt ihr Gesicht trug, hatte sie schlüssig gefolgert, dass auch ihr Körper abgebildet sein müsse. Federer nahm das Telefon zur Hand und erreichte sie gleich. Er wollte sich endlich Klarheit verschaffen über die Identität des „Roten".

„Ciao Cecilia, entschuldige bitte, dass ich heute in der Früh einfach auf und davon bin, aber ich wollte dich nicht aufwecken. Ach ja, und verzeih wegen letzter Nacht."

„Ist schon in Ordnung. Lieben Dank für die kleine Zeichnung. Ich wusste gar nicht, dass du so begabt bist."

Bitte, ja, danke. Sag, ich muss dich etwas fragen: Vincenzo Alberi, sagt dir der Name etwas?"

Vom anderen Ende der Leitung kam betretenes Schweigen.

„Du, du hast von ihm erfahren? ... Er ist mein Bruder."

„Und er war ein Patient meines Analytikers."

„Davon hatte ich keine Ahnung. Dann bist du über alles im Bilde?"

„Du meinst, dass er psychisch krank ist?"

„Ich weiß, ich habe ihn nie erwähnt, auch sonst niemandem gegenüber. Er lebt als einziger der Familie fest in Wien und hat sich mit allen überworfen, hält nur zu mir eine lose Verbindung aufrecht. Meine Verwandten meiden ihn, finden seine Lebensweise nicht standesgemäß, weil er sich in seinem Irrsinn sämtlichen Regeln verweigert, und er lässt sich auch von niemandem helfen. Das geht schon seit Jahren so. Es ist tragisch ..."

Heute in der Früh war Cecilia telefonisch von der Brandstiftung ihres Bruders in Kenntnis gesetzt worden und hatte diesen daraufhin gleich „am Steinhof" besucht. Von dem Brandanschlag ihres Bruders auf Federer und von dem dramatischen Zusammentreffen der beiden in der vergangenen Nacht wusste sie offenbar nichts. Federer ersparte ihr diese Details. Er fragte sich, ob er nicht den Brand hätte verhindern können, hätte er Vincenzo Alberi festgehalten, doch für wie lange?

Dann erzählte sie ihm davon, wie eng verbunden sie mit ihrem Bruder aufgewachsen sei, wie dieser eifersüchtig auf ihren Ehemann gewesen sei und wie nie sicher habe ausgeschlossen werden können, dass Vincenzo in den tödlichen Unfall ihres Mannes verwickelt gewesen sei. Federer begann auf einmal vieles zu begreifen, nicht nur zu dem „Roten", sondern auch zu Cecilia.

Ein Bann war gebrochen. Er wollte weg, fort von hier, zusammen mit ihr.

„Cara, hol mich hier ab und lass uns an den See fahren, jetzt gleich."

Sie war überrascht, doch sie willigte ein, und bereits eine Stunde später fuhren sie Richtung Westen. Während Cecilia schweigend am Steuer saß, hielt Federer Marilyn auf seinem Schoß und grübelte dösend vor sich hin. Schlau eingefädelt hatten Zumbrich und Gaudinsky ihre koordinierten Geständnisse, doch er, Federer, würde sich nicht damit abfinden, dass die beiden ungestraft davonkommen sollten. Nur wie konnte er beweisen, dass Gaudinsky nicht der Mörder war? Gaudinsky hatte sich regelmäßig mit Bergasser in dessen Ordination getroffen, so dass Spuren auch von ihm genauso wie von Zumbrich nachweisbar gewesen sein mussten, sofern sie sichergestellt worden waren, jetzt war sowieso alles in Flammen aufgegangen.

Und da, plötzlich, kam Federer auf eine Idee. Wenn einer der beiden Geständigen ausfiel, weil er zum Beispiel starb, dann blieb nur der andere als ein geständiger Mörder übrig, müsste, um nicht verurteilt zu werden, seine Aussage umgehend widerrufen und am besten auch gleich noch den Toten beschuldigen.

Aber ja, Federer würde den beiden eine Falle stellen. In der Untersuchungshaft waren sie getrennt voneinander. Also konnte er bluffen. Am Montag würde er Gaudinsky mitteilen lassen, dass Zumbrich sich in ihrer Zelle vergiftet habe, woraufhin der alle Schuld der vermeintlich Verstorbenen zuweisen müsste. In dem Augenblick summte Federers Handy. Am Apparat war Berndorfer:

„Grüß Gott, Federer, ich musste Ihnen einfach noch eine Wendung, die sich gerade im Fall Bergasser ergeben hat, mitteilen. Ein Salomon Gaudinsky, der Sohn des alten Gaudinsky, war hier, um zu Protokoll zu geben, dass er, als er in der Mordnacht seinen Hund ausgeführt habe, Zumbrich auf dem Weg zu Bergassers Ordination gesehen habe. Das bringt uns natürlich wenig, aber er hat außerdem versichert, dass sein Vater, mit dem er gemeinsam lebt, in jener Nacht schon früh zu Bett gegangen sei und sicher das Haus nicht mehr verlassen habe. Verstehen Sie? Damit muss der alte Gaudinsky unschuldig sein!"

Federers Miene hellte sich auf, und er war überrascht, dass Berndorfer sich entgegen ihrem Naturell jetzt über die Überführung eines Unschuldigen freute.

„Ach, und noch etwas, ich wollte mich noch bei Ihnen entschuldigen für meine harsche Art gestern."

Federer dankte und legte zufrieden auf. Endlich war der Fall wirklich abgeschlossen. Wie er sich jetzt auf die Stunden mit Cecilia freute, die vor ihm lagen. Er öffnete das Fenster und atmete tief durch, während Marilyn ihre Schnauze in den Fahrtwind steckte.

Da summte es noch einmal, wieder war es Berndorfer:

„Sie werden es nicht glauben, aber gerade eben ist hier ein Fräulein Kerzl eingetroffen. Sie behauptet, dass sie in der Mordnacht bis in den frühen Morgen hinein zusammen mit Doktor Zumbrich an der Ausarbeitung einer wissenschaftlichen Abhandlung gesessen habe ..."

„Die lügt doch."

„Das glaube ich auch, nur sind wir jetzt wieder am Anfang."

Federer legte auf. Genug war genug. Montag würde er zu einer Lösung kommen – egal wie.

Sie waren am Attersee angekommen, hatten in einer Pension, die in einer Jahrhundertwendevilla in leuchtendem Schönbrunnergelb untergebracht war, Quartier bezogen und waren sofort an den Badesteg gegangen. Federer glitt hinein in das kühle türkisblaue Wasser, das erfrischend seinen Körper umhüllte, tauchte ab in die Tiefe, trank einen Schluck und blickte von unten hinauf in das Sonnenlicht, das flirrend die Wasseroberfläche durchbrach. Hier in der verschwenderischen Schönheit der Natur befreite er nicht nur seine Haut von Schmutz und Schweiß, sondern auch sein Denken von alldem, was vergangen, nicht zu ändern und daher unwesentlich war.

Er schwamm zurück an die Oberfläche und sah Cecilia in der Nachmittagssonne auf der Veranda des kleinen Badehauses sitzen. Eine leichte Brise strich über ihr Haar.

Von bedingungsloser Liebe hatte Gaudinsky gesprochen, davon, frei zu sein, fast wie Bergasser in Federers Traum. Es musste sich schwerelos anfühlen, so wie sein Körper hier in dem erquickenden Wasser. Und als er Cecilia dort sitzen sah, begann Federer zu verstehen. Er schwamm langsam auf sie zu, ließ sie nicht aus den Augen. Sie bemerkte ihn, lächelte ihm zu. Er stieg aus, setzte sich neben sie, trocknete sich in der Sonne. Wortlos kamen sie einander näher. Sie hatten sich wiedergefunden.

Er hatte ein altes Grammophon mitgebracht mit einer Aufnahme von Mahlers Dritter, die wenige hundert Meter weiter in dem kleinen Komponierhäuschen mit Blick auf den See entstanden war. Im Finale der Symphonie war es eingefangen, dieses Lebensgefühl: „Was mir die Liebe erzählt", hatte Mahler den Satz überschrieben.

Alle Personen (einschließlich deren Verwandtschaftsgrade), Organisationen und Handlungen des vorliegenden Buches sind, abgesehen von den historisch verbürgten Fakten zu Sigmund Freud und Gustav Mahler, frei erfunden. Jede etwaige Ähnlichkeit mit realen Personen oder Begebenheiten ist demzufolge rein zufällig.

Mit freundlicher Unterstützung
der Brauerei Kapsreiter

www.deuticke.at

Typografische Gestaltung: silvia°wahrstaetter
Umschlaggestaltung: Studio Hollinger
Umschlagfoto: © Ernst Herold
Frauengesicht: © Elena Mitzeva
Druck und Bindung: Ueberreuter Buchproduktion, Korneuburg
Printed in Austria
ISBN 3-216-30727-1